異世界で姉に名前を奪われました
In another world, my sister stole my name
鏡を通じて交流していた
異世界にトリップ!?
子どもだったはずのセシルは
立派な大人になっていて……

竜人の子を保護するため、
夫婦のフリをすることに……!?

「ね？　すっごく仲良し！」

「…………」

「ほら、ノア様も笑顔！　そんな仏頂面をしていたら、いつまでも連れて帰れませんよ！」

明らかに嫌な顔をしたノア様の脇腹を肘《ひじ》で軽くつつきながら、小声で囁《ささや》く。

琴子 Kotoko
Illust NiKrome
異世界で姉に名前を奪われました
In another world, my sister stole my name

口絵・本文イラスト
NiKrome

装丁
諸橋藍

CONTENTS

プロローグ 005
第一章 ◈ 異世界で姉に名前を奪われました 006
第二章 ◈ 異世界での生活 020
第三章 ◈ 開花 061
幕間 122
第四章 ◈ 聖女の力 124
第五章 ◈ セシルとノア 163
第六章 ◈ 不思議な子 221
幕間 237
第七章 ◈ 眩しいもの 240
エピローグ 256
［書き下ろし番外編］セシルとフレイ 261
［書き下ろし番外編］息抜きの魔法 269
あとがき 278

In another world, my sister stole my name

◆プロローグ

古びた金色の手鏡には私の姿ではなく、薄暗い部屋の中にいる男の子の姿が映っている。

――この手鏡は異世界に繋《つな》がっているらしく、私はこの鏡を通して半年前に『セシル』という十歳の男の子と出会った。

《ねえ、イチカ》

セシルと繋がるのはいつも突然だし、鏡越しに聞こえてくる声はいつも違う。

鏡の向こうは薄暗くて、顔だってほとんど見えない。

それでも私に懐いてくれる可愛《かわい》いセシルのことが、私は大好きだった。

《僕、頑張って強くなるから。そうしたら、僕と結婚してくれる？》

そんな可愛らしい求婚に、頬が緩む。

気持ちはすごく嬉《うれ》しいけれど、セシルは私より九つも年下だし住んでいる世界だって違う。

「大人になったらきっと、絶対セシルにも同じ世界に好きな人ができるよ」

だからこそ、私はそう言ったのに。

鏡の向こうのセシルは「大丈夫」とはっきり言ってのけた。

《僕はずっと、イチカだけを好きでいるから》

◆第一章　異世界で姉に名前を奪われました

「……華恋《かれん》がいなくなってから、もう一年が経《た》つんだ」

自室の棚に飾られた写真立てにそっと触れながら、ぽつりと呟《つぶや》く。

そこには笑顔の私と、一つ年上の姉の華恋が写っている。

私と華恋は子どもの頃から仲の良い姉妹で、大事な姉であり、親友のようにも思っていた。

けれど一年前のある日、華恋は突然失踪《しっそう》してしまった。

警察にも届け出て両親と共に捜しているけれど、今日まで一切の手がかりはないまま。

まるで華恋の存在が、この世界から消えてしまったみたいに。

(どうか無事でいますように)

そう祈りながら机へ視線を向けると、少し埃《ほこり》の被《かぶ》ったスタンドが目に入った。

これは私がいつも「セシル」と話をする時、手鏡を置くために使っていたものだ。

「セシルも元気にしてるかな」

華恋がいなくなったあの日、大切にしていた手鏡も忽然《こつぜん》と消えてしまった。

——数年前に物置で偶然見つけた金色の手鏡は異世界と繋がっているらしく、私は手鏡を通して
セシルという十歳の男の子と出会った。

《……そこに誰かいるの？》

それからも鏡は時折セシルと繋がり、私達は鏡越しに言葉を交わすようになった。
《僕はできそこないのいらない子だって、みんな言うんだ……》
『ひどい……絶対にそんなことないよ！　私がセシルのそばにいたら、そんなことを言う人達はみんなやっつけるのに』
出会ったばかりのセシルは家庭環境が悪いのか、寂しがりやでいつも一人で泣いていた。
《本当に？　イチカはずっと僕の味方でいてくれる……？》
『うん、約束する。私はずっとセシルの味方でいるよ』
寂しがりで、一人ぼっちの男の子。なんだか放っておけなくて、親身になって話を聞いているうちにすごく懐いてくれていた。
《イチカ、大好き》
鏡越しに聞こえてくる声はいつも違うし、鏡の向こうは薄暗くて顔だって見えない。
セシル側も同じらしく、私達はお互いに顔も本当の声も知らない。
それでもいつしか、そんなセシルのことが可愛くて仕方なくなっていた。
《絶対、イチカに釣り合うような人になるから》
《僕と結婚してくれる？》
先日、可愛らしいプロポーズをされてからというもの、セシルは魔法の勉強や剣術の稽古《けいこ》なども頑張っているようだった。
魔法があるというセシルの世界とは違って、私の住む世界では嘘みたいな話だけれど、私にだけははっきりとセシルの声が聞こえる。

他の人には信じてもらえないだろうから、このことは姉の華恋にしか話していなかった。

(……元気にしてるかな、一人で泣いていないかな)

二人のことを考えるたびに、胸が締め付けられる。

それでも、きっとどこかで元気に過ごしていると信じたかった。

「……よし、勉強しよう」

軽く頬を叩《たた》き、気持ちを切り替えて机に向き直る。

医者になりたいという夢を胸に大学に通っているけれど、必修科目も多く、気を緩めるとあっという間に留年してしまう。

何より華恋がいなくなってから気落ちし続けている両親に、これ以上の心配をかけたくなかった。

「あっ」

そうして開いた教科書を不意に床に落としてしまい、拾おうと屈《かが》んで手を伸ばしたところ、机の下で何かが光った。

「手鏡……？　どうしてこんなところに……」

そこにあったのは、一年間いくら探しても見つからなかった異世界に繋がる手鏡だった。

あるはずのないものがそこにあるような違和感に、ぞわりと鳥肌が立つ。

戸惑いながらも手に取った途端、手鏡がまばゆく光り出した。

「な、なに――!?」

あまりの眩《まぶ》しさにきつく目を閉じるのと同時に、浮遊感を覚える。

けれど次の瞬間には、どすんと硬くて冷たい床に身体《からだ》が叩きつけられていた。

「痛た……」

一体何が起きたのだろうと思いながら、痛む足をさすりながら顔を上げる。

そして目の前の光景を見た私は、言葉を失った。

（なに、ここ……）

自分の部屋にいたはずなのに、眼前には大きなシャンデリアが照らす煌《きら》びやかな空間が広がっていて、色とりどりの華やかなドレスを身に纏《まと》った大勢の異国の人々の姿がある。

まるで映画の中に入り込んでしまったような世界に、夢を見ているとしか思えない。

「鏡から人が出てきたぞ……⁉」

「舞踏会中だというのに、なんてことなの」

そして彼らもまた、私を見て戸惑った様子を見せている。

困惑しながら辺りを見回していると、一人の女性と目が合った。

（あの人、華恋に似てる……？）

見たことのないデザインのドレスを着て、ひどく驚いた表情でこちらを見ているその姿は、姉の華恋によく似ていた。

一年前よりも少し髪は伸びているけれど、見れば見るほど華恋だとしか思えない。

「――もしかして」

「カレン、会いたかったわ！」

「……え？」

少しの期待を胸に口を開いた途端、私の声に重なって明るい声が響く。

親しみの込められた笑顔も声も記憶の中にある華恋のもので、やっぱり本物の華恋なのだと安堵《あんど》する一方、更なる疑問を抱いた。

（どうして華恋が私のことを「カレン」って呼ぶの……？）

訳が分からないことばかりで動けずにいる私をよそに、華恋は嬉しそうにはしゃぎ、隣に立つ男性にするりと腕を絡めた。

「ねえセシル、彼女が前に話した姉のカレンよ！　きっと私みたいに異世界から来たんだわ」

華恋にセシルと呼ばれた金髪碧眼《へきがん》の男性も戸惑った様子で、私を見つめている。

信じられないくらい整った顔立ちをしていて、絵本から飛び出してきた王子様みたいだと、現実味のない感想を抱く。

（セシル……？）

覚えのある名前に引っかかりを覚えていると、再びこの場にいた人々がどよめきだす。

「まさか短期間に、二人も異世界人が現れるなんて……」

「聞いたことがないぞ」

耳に届いた異世界人という言葉に、顔を上げる。

（まさか……今いるこの場所が「異世界」だとでもいうの？）

信じられないけれど、セシルからその存在を聞いていた以上、ありえない話ではない。

「あ、あの――」

「きっとカレンも、訳も分からないままこの世界に来て戸惑っているはずよ。まずは私が二人きりで話をしても良いかしら?」

再び口を開くと、またもや華恋が重ねるようにセシルと呼ばれた男性に問いかける。

「ああ、分かった。この場は僕が収めておく」

男性が頷《うなず》くと、華恋は笑顔のままこちらへやってきた。

姿形はよく知る姉のはずなのに、なぜかまるで知らない人のように感じられる。

「行きましょう?」

華恋は座り込んだままの私の腕を掴《つか》んで立ち上がらせると、どこかへ向かって歩き出す。

そうして広いホールを出る瞬間、黒髪の男性と目が合った。

エメラルドのような瞳《ひとみ》には、私へのはっきりとした敵意が滲《にじ》んでいる。

(な、なに……? どうして睨《にら》まれたの?)

何もかもが分からないことばかりで、私はただ腕を引いて歩いていく華恋の後を必死についていくことしかできなかった。

広くて長い廊下を歩いていき、やがて着いたのは広い豪華な部屋だった。

どかりとソファに腰を下ろした華恋に向かいに座るよう促され、恐る恐る腰を下ろす。

「遅いわね、さっさと用意したら下がって」

「た、大変申し訳ございません、イチカ様……」

苛立《いらだ》った様子の華恋は目の前のテーブルを叩き、お茶の準備をしてくれていたメイド姿の女性達は怯《おび》えながら頭を下げる。

こんなきつい態度の華恋を見るのは初めてで、胸の中の違和感が大きくなっていく。

(どうして華恋はイチカと呼ばれているの？)

私のことを「カレン」と呼ぶ華恋と、華恋を「イチカ」と呼ぶ人々。

分からないことばかりで、とにかく華恋に話を聞くしかない。

やがてメイド姿の女性達がお茶の準備を終えて出ていくと、華恋は大きな溜《た》め息《いき》を吐《つ》く。

「それにしても驚いたわ、あなたまでこの世界に来るなんてね」

優雅にティーカップに口を付けた華恋の声は、先程とは違い冷ややかなものだった。

「本当に華恋、なんだよね？」

「ええ」

「良かった……急にいなくなって、ずっと心配してたんだよ」

「そう」

安堵する私から目を逸《そ》らし、華恋はどうでもいいというような顔をする。

やはり素っ気ない態度に違和感を抱きながら、再び問いを投げかけた。

「ねえ、ここはどこなの？」

「異世界よ。それも、あなたが手鏡を通してセシルと話をしていた世界」

「……うそ」

とても信じられず、戸惑いを隠せない私に華恋は続ける。

「私は一年前にここに来たの」

「もしかして、さっきのセシルって……」

「そうよ。この国の第一王子があなたのお友達のセシルだった」

「えっ？」

私が一年前、手鏡がなくなる直前まで話していたセシルは十歳だったはず。たった一年であんなに成長したとでもいうのだろうか。

そんな私の疑問を見透かしたように、華恋はふっと笑う。

「この世界と私達の世界は、時間の流れが違うことがあるんですって。あなたにとっては一年前の出来事でも、セシルにとっては十年以上前のことみたいよ」

「そう、なんだ……」

先ほど一瞬だけ顔を合わせた、セシルの姿を思い出す。手鏡越しではほとんど姿が見えていなかったせいか、話を聞いても私の知る「セシル」とはなかなか結びつかない。

やっぱりまだ信じられないけれど、セシルが立派になって元気そうだったことに安堵した。

「彼ね、私の婚約者なの」

「え」

ソーサーにカップを置いた華恋は長い睫毛《まつげ》を伏せ、歌うように楽しげに、言葉を紡いだ。

華恋とあのセシルが、婚約者。

理解が追いつかず、華恋の顔を見つめることしかできない。

「私は『救国の聖女』なんですって」

「魔法だって使えるの。すごいでしょう？」

「この世界では私が主役なの」

何も言えずにいる私に向かって、華恋は形の良い真っ赤な唇で弧を描く。


「――私がイチカよ」


そして華恋は自身の胸元に手を当て、そう言ってのけた。

見たことがないくらい冷たい、嘲笑《あざわら》うような表情にぞくりと鳥肌が立つ。

誰よりもよく知っていると思っていた姉の言葉が、何ひとつ理解できなかった。

「……どうして、華恋はイチカって呼ばれてるの……？」

「セシルに近づくために一花《いちか》のふりをしたからよ。王子の力を借りた方が生きやすいもの」

「…………」

――まともに働かない頭で唯一理解できたのは、一年前に元の世界で失踪《しっそう》した華恋はこの世界に飛ばされ『一花』として生きてきたということ。

今の私みたいに何も分からず知人もおらず、生きていく術《すべ》も命の保証すらもない中で、セシルを頼るために私の名前を騙《かた》るのは理解できる。

それでも。

「いつも聞いてもいないのに、つまらない話を聞かせてくれてありがとう。お蔭《かげ》で助かったわ。私が一花だと話したら、彼はすぐに心を開いてくれたもの」

「なに、それ……なんでそんな言い方……」

にっこりと微笑《ほほえ》む華恋の態度や言葉には、明確な棘《とげ》がある。

華恋が私に対して、こんなにも冷たい態度を取る理由が分からなかった。

「元の世界に戻る方法もないみたいだから、あなたはカレンとして生きてね」

「そんな……うそ……」

元の世界に戻る方法がないという事実に、頭を思い切り殴られたような思いがした。

両親にも友人にも二度と会えないまま、この先の一生を見知らぬ世界で過ごすなんて、受け入れられるはずがない。

（それなのに、どうして華恋は平気でいられるの？）

お父さんとお母さんだって、あんなにも華恋のことを心配していたのに。

「聖女である私の言うことをみんな信じるから、何を言っても無駄よ。おかしな女だと思われたくなかったら、大人しくカレンとして過ごしてちょうだい」

あとはメイドにでも聞いて、と冷たく言うと華恋は立ち上がる。

「ねえ、待って華恋――」

「二度と私をそう呼ばないで！」

「……っ」

引き留めようと思わず名前を呼んだ私を、華恋は叫ぶようにきつく咎《とが》めた。

びくりと固まる私を鼻で笑い、華恋は部屋を出ていってしまう。

「……どうしたら、いいの」

部屋に一人残された私は、目の前が真っ暗になっていくのを感じていた。


「カレン様、こちらです」

私の世話をしてくれることになったというメイドに案内され、薄暗い廊下を歩いていく。

（どうしてこんなことになったの？　本当に死ぬまでここで暮らさなきゃいけないの……？）

何も分からなくて怖くて悲しくて、変わってしまった華恋のことだって気がかりで。

不安に押《お》し潰《つぶ》されそうになりながら俯《うつむ》いて歩いていると、どんっと誰かと肩がぶつかる。

「あ、ごめんなさ――」

慌てて謝罪をしつつ顔を上げると、そこにいたのは先程、ホールを出る時にすれ違い、私を睨んでいた黒髪の男性だった。

エメラルドによく似た瞳と同じ色の左右非対称のピアスが、しゃら、と揺れる。

「……お前、あの女の姉なんだってな。俺はあの女が世界一嫌いなんだ」

「えっ……」

ぐっと距離を詰められ、思わず一歩後ろに引いた私は壁際に追い詰められてしまう。

再び向けられた冷たい眼差しに、息を呑《の》む。


「少しでも余計なことをしたら、殺す」


その言葉や声音には本気の殺意が含まれている気がして、冷や汗が背中を伝う。

怯える私を見て男性は忌々しげに舌打ちをし、背中を向けて去っていった。

あの男性が誰なのか、なぜそんなことを言われなければいけないのかも分からない。

その場に立ち尽くし、小さくなっていく後ろ姿を見つめながら、理不尽だらけの世界に一人放り込まれた私は、きつく自身のスカートを握りしめた。

(華恋も……あの人も、この世界も、なんなの……!)

◆第二章　異世界での生活

賑《にぎ》やかな大学内のカフェで、私は問題集を解きながらノートにペンを走らせていた。

『ええと、ここはこの式かな？』

『うん、合ってる。だからそのまま代入して……』

向かいに座り勉強を教えてくれているのは、同じ大学に通う幼馴染《おさななじみ》でひとつ上の海斗《かいと》だ。

海斗は向かいに住んでいて親同士も仲が良く、華恋や私とは兄妹《きょうだい》のように育った。

『なあ一花、来週の土曜は空いてる？』

『何の予定もなかったはずだけど』

『じゃあさ、映画見に行かない？　こないだＣＭでやってたやつ』

少し癖のある暗い茶色の自身の髪に触れながら、海斗は私の様子を窺《うかが》うように尋ねてくる。

この間うちで華恋と三人で夜ご飯を食べていた時に、話題になったことを思い出す。

『うん、いいよ！　華恋にも予定を聞いておくね』

『あー……そうじゃなくて、俺はお前と二人で――』

海斗がそこまで言いかけたところで、コツコツと高いヒールの足音が近づいてくる。

『一花、ここにいたのね』

『華恋！』

聞き慣れた声に顔を上げると、そこには腕を組みこちらを見下ろす華恋の姿があった。

いつだって華恋はお洒落《しゃれ》で大人っぽくて綺麗《きれい》で、周りの学生の視線を集めている。

高校まで女子校育ちで十八年間恋愛とは無縁だった私とは違い、共学校に通っていた華恋は年上から年下までそれはもうモテにモテて、これまで何人もの男性と付き合っていた。

結局、どの人とも長続きしていないようだったけれど。

『……あら、海斗も一緒だったの』

『ああ、俺はそろそろ行くよ。また連絡する』

海斗は立ち上がると「頑張れよ」と言い、私の頭をぽんと撫《な》でて去っていく。ひとつしか歳も変わらないのに、いつだって子ども扱いされている気がしてならない。

私はペンを置くと、そんな海斗の後ろ姿をじっと見つめる華恋を再び見上げる。

『華恋、どうしたの？』

『ノートを貸してほしくて。……やだ、こんなところにまで持ってきてたの？』

華恋の視線は机の上のポーチの中にある、手鏡へと向けられている。

間違えて入れてきてしまったらしく、せっかくだからといつも頑張っているセシルに見守ってもらっているような気持ちで、勉強中も手元に置いていた。

『昨日はね、剣術の稽古《けいこ》を頑張っていたら、騎士団長さんに褒められたんだって』

唯一セシルのことを知っている華恋にはよく、セシルから聞いた出来事を話していた。

セシルがどんなものが好きで、どんなものが苦手で——なんて他愛《たわい》のないことまで。

『……そう、良かったわね。でもその話、私以外にはしない方がいいわよ』

華恋は差し出したノートを引ったくるように手に取り、それだけ言って私に背を向けた。

（……急いでたのかな）

数日前から華恋は急に、私に対して素っ気なくなった気がする。理由を聞こうとしてもはぐらかされてばかりで、原因は分からないまま。

『きっと、そのうち元に戻るよね』

年子の私達は友達みたいな関係でもあって、過去にも数えきれないほど喧嘩《けんか》だってしたし、すれ違うことだってあった。

けれどそのたびに仲直りをして、周りからも仲の良い姉妹だと言われている。

『よし！　海斗が教えてくれたところ、しっかり復習しよう』

再びペンを手に取り、問題集へと視線を落とす。

医者になりたいという夢を叶《かな》えるためにも、もっと頑張らなければ。

《イチカはお医者さんになりたいんだ！　すごいね、かっこいい！》

まだ目指しているだけだというのに、褒めてくれたセシルを思い出し、笑みがこぼれる。

大好きな家族や幼馴染、気の合う親友、そして異世界の小さな友達。

大切な人達に囲まれて過ごす幸せな日々が、これからも続くと思っていた。

『華恋がいなくなった……？』

――それから数日後、大学から帰宅して自室にいたはずの華恋の姿が忽然《こつぜん》と消えた、という知らせを両親から聞くまでは。

◇◇◇

ゆっくりと瞼《まぶた》を上げると、見慣れない豪華な天蓋《てんがい》が目に入った。

「……夢、か……」

一年ほど前の元の世界の夢を見たせいか、胸の奥がぎゅっと締め付けられる。つい三日前まで暮らしていたはずなのに、今は遠い昔のように感じられた。

ベッドから身体《からだ》を起こすと、カーテンの隙間から窓の外の景色が見える。

おとぎ話の世界に出てくるような美しくて広大で豪華な庭園に、溜《た》め息《いき》が漏れた。

「……やっぱりこっちは夢じゃないよね」

見慣れない光景をぼんやり眺め、本当に異世界に来てしまったのだと今朝も実感しながら、重い足取りでリビングへ向かう。

リビングに足を踏み入れると美味《おい》しそうなパンの香りがして、小さくお腹《なか》が鳴った。

「カレン様、おはようございます」

「おはようございます、ニコラさん」

ティーポット片手に笑顔で出迎えてくれたのは、私の専属のメイドだというニコラさんだ。

――ニコラさんは私のひとつ年上の二十歳《はたち》で、子爵家の貴族令嬢なんだとか。

ミルクティー色の髪を後ろで束ねており、桃色の大きな目が印象的で、白いエプロンと紺色のメイド服が驚くほどよく似合っている。

ニコラさんは容姿だけでなく言葉遣いや所作もとても綺麗で、同性ながらも時折どきっとしてしまうくらいだった。

私が右も左も分からない異世界でこうして不自由なく暮らせているのも、穏やかで優しいニコラさんが側《そば》にいてくれているお蔭だ。

「今日は天気が良いので、窓を開けますね」

ふわりと微笑《ほほえ》み、ニコラさんは細い指先を窓へ向けた。軽く指先を左右に動かすと、窓が勝手に開き、カーテンを揺らしながら心地良い風が室内へ流れてくる。

「すごい……」

「これくらい、子どもでもできる簡単な魔法ですよ」

くすりと笑うニコラさんは、風魔法が得意だという。

――ここ、ラングフォード王国には魔法が存在するらしい。

その上、この世界の人はみんな魔法を使うことができるんだとか。地・火・水・風の四属性は基本誰でも使えるものの、得手不得手があるそうだ。

その他にも、使い手が少ない希少な光属性と闇属性の魔法があると聞いている。

「カレン様の世界には魔法がないんですよね？　けれどその代わり、便利な道具がたくさんあると聞いたことがあります」

「はい。魔法の代わりに科学が発展しているので」

そしてこの世界には時折、私や華恋のように異世界からやってくる人間がいるという。

異世界人はとても貴重な存在だそうで、私もかなり良い暮らしをさせてもらっている。けれど、短期間に異世界人が二人も来るなんて今までになかったことらしく、私は完全に異分子扱いだ。

（良い暮らしといっても、充てがわれた部屋で何もせずに過ごしているだけなんだよね……）

王城の敷地からは絶対に出ないよう、きつく言われている。

何度か外に出られないか様子を窺ってみたものの、あちこちに見張りらしい騎士がいて、すぐに捕まってしまうのが目に見えた。

「今日の朝食は、聖女様もお好きなものだそうですよ」

「ありがとうございます、いただきます」

この世界のマナーとは違うと分かっていても、つい癖で両手を合わせた後、豪華なホテルで出てきそうな朝食をいただく。

食べ物は元の世界でいうと、ヨーロッパの料理に近い気がする。この世界や国の文化については全く分からないものの、食事は毎食美味しくて、口に合うのだけが救いだった。

「あの、ニコラさん。かれ――イチカには会えそうですか？」

食事をする私の側で控えているニコラさんにそう尋ねると、彼女は悲しげに眉尻《まゆじり》を下げた。

「申し訳ありません、面会を申し込んでみましたが、聖女様はお会いにならないそうです」

「……そうですか。ありがとうございます」

華恋とは、この世界に来た日以来会えていないまま。ニコラさんを通じて「話がしたい」と何度か伝えてもらったものの、私に会うつもりは一切ないらしい。

ニコラさんから色々と話を聞いたところ、華恋は『聖女』と呼ばれる存在で、この世界では救世主のような存在なんだとか。

聖女は怪我や病気を治したり、魔物を倒したりすることができる『聖属性魔法』というものが使えるそうだ。

まるでマンガやアニメの世界の話で、さっぱり現実味がない。

(そもそも魔物って何？　怖すぎるんだけど……)

本当に訳の分からないことばかりで、気が重くなっていく。

「イチカは聖女としての仕事をして暮らしているんですか？」

「……そう、ですね」

ニコラさんの返事は歯切れの悪いもので、なんだか気まずそうな感じがした。

あまり口にしたくない話題なのだと悟ったものの、少しでも今の華恋のことが知りたくて、詳しく聞きたいとお願いしてみる。

するとニコラさんは軽く辺りを見回した後、私の耳元に口を寄せた。

「……聖女様のご機嫌を損ねてしまい、王城から追い出された者が数多くいるのです」

「そんな……！」

「ですので私達も聖女様に関するお話は極力しないようにしていて、あまり詳しくありません」

驚いてしまったものの、先日もメイドへの態度がかなり高圧的だったことを思い出す。

元々、華恋は少し言葉がきついところもあったけれど、あれほどではなかった。

（華恋の気分ひとつで、誰かの人生が左右されるなんて……）

聖女という存在がどれほど大きなものなのか、少しだけ分かった気がした。

「ごちそうさまでした。とても美味しかったです」

「お口に合ったようで何よりです。今日はこの後、図書館へ行く許可を取ってありますので、カレン様のお好きなタイミングでぜひ」

「ありがとうございます！　今すぐにでも行きたいです」

実は昨日のうちに、王城内にあるという図書館へ行く許可を取ってもらっていた。

——華恋が言っていた通り、元の世界に帰る方法は存在しないらしい。家族や友人達と二度と会えないと思うと、辛《つら》くて悲しくて、泣きたくなる。

医者になってたくさんの人を救いたいという、将来の夢だってあったのに。

（でも、いつまでもへこんでいるなんて私らしくない）

諦《あきら》めずにいれば、いつか帰る方法だって見つかるかもしれない。

だからこそ、まずはこの世界、この国のことを知ることから始めようと思っている。

「ふふ、分かりました。ではまず身支度をしてから向かいましょう」

「はい。よろしくお願いします！」

それからはニコラさんに手伝ってもらいながら可愛《かわい》らしいミントグリーンのドレスに着替え、同じ色のリボンで髪を結ってもらった。

そうしてリビングを出ると、他の部屋の掃除をしてくれているメイド達と出会《でくわ》した。

「こんにちは、いつもありがとうございます」

「行ってらっしゃいませ」

メイド達は深々と頭を下げたまま、動こうともしない。きっと私が立ち去るまでこの体勢でいるつもりなのだろう。

侍女として基本的な私の身の回りの世話をしてくれているのはニコラさんだけれど、その他にも三人のメイドが私の担当として割り当てられている。

こんなにも大勢の人が私のために働いてくれているなんて、恐れ多い。けれど聖女である華恋には常に私の数倍、専属の侍女やメイドがいるんだとか。

（それに、なんだかすごく距離を感じる）

ニコラさん以外のメイドからは必要最低限しか私と関わるつもりがない、という意思を感じていた。国の客人と使用人という関係である以上、それも当然なのかもしれない。

「……やっぱり仕方ないよね」

毎日この部屋で一日の大半を過ごし、ニコラさん以外とほとんど会話をすることがない日々を送っていると、他のメイドと仲良くなりたいと思ってしまう。

少しだけ寂しい気持ちになりながら、私はニコラさんと共に図書館へと向かった。

図書館に足を踏み入れると、独特な古本の甘い匂いが鼻をくすぐった。

「わあ……！　すごい数の本ですね」

「国中の本が集まっているので、大体のことはここで調べられると思います」

所狭しと背の高い書架が並んでいて、その中にはびっしりと本が収められている。あちこちに長い脚立が立てかけられており、ぱっと見ただけでも数十万冊ほどの蔵書があるようだった。

「異世界についての本って、どこにあるか分かりますか？」

「はい、こちらです」

ニコラさんに異世界に関する本が置かれているエリアへと案内してもらい、適当に目についたものを手に取ってみる。

（ええと、異世界学……良かった、文字は読めるみたい）

初めて見る文字なのに、なぜか全て理解できることに違和感を覚えながら、ぱらぱらと捲《めく》ってみる。この本には過去の聖女や、異世界に関する記述が色々と書かれているようだった。

「……私とセシルみたいに鏡を通して異世界と繋《つな》がる、っていうのは過去にもあったんだ」

その場合、過去と未来が繋がったり、時間の流れが歪《ゆが》んだりすることがあるという。

十歳だったセシルが大人になっていたのも、同じような歪みが起きていたのかもしれない。

「あれが例の二人目の異世界人か？」

「確かに聖女様と似ているな。姉妹なんだろう？」

「…………」

じっと本を読んでいると、あちこちから視線を感じ、そんな囁《ささや》き声が聞こえてくる。

ゆっくり色々な本を読んで調べたいと思っていたけれど、これほどじろじろ見られていては落ち着かない。

「すみません、ニコラさん。これって借りていくことはできますか？」

「はい、大丈夫ですよ」

ひとまず適当に見繕って借りていき、部屋で読むことにした。

図書館を出て、ニコラさんにも手伝ってもらいながら、借りてきた異世界に関する本を抱えて廊下を歩いていく。

「カレン様は本がお好きなんですか？」

「はい。たくさんのことを学べますから。視野も広がりますし」

ニコラさんも読書が好きで、休みの日はよく本を読んで過ごしているという。この国の貴族女性の間では、ロマンス小説という恋愛小説が流行《はや》っているんだとか。

「勤勉なカレン様に、こんなお話をするのはお恥ずかしいのですが……」

「いえ、私もぜひ読んでみたいです！　おすすめとかありますか？」

「はい。最近ではオペラにもなっている人気のものが――っ」

そこまで言いかけて、ニコラさんは突然はっとしたように頭を下げた。

どうしたんだろうと思ったのも束の間、前方からこちらへと歩いてくる人影に気付く。

（……セシルだ）

光の束を集めたような金髪に、宝石のようなアイスブルーの瞳《ひとみ》。

白とラベンダー色の高級感のある服を身に纏《まと》った彼は間違いなく、数日前に舞踏会会場で華恋が「セシル」と呼んでいた男性だった。

ついその姿に見惚《みと》れてしまっていたものの、セシルはこの国の第一王子だと聞いている。

我に返った私はニコラさんの真似をして、慌てて頭を下げた。

「こんにちは、カレン嬢。どうか顔を上げてください」

やがて私の目の前で足を止めたセシルは、ひどく柔らかな声でそう言った。

恐る恐る見上げると、セシルのガラス玉みたいに透き通った目と視線が絡む。

（近くで見ても、本当に綺麗《きれい》……）

文句の付けようがないくらい全てのパーツが整っており、正しい位置にある。それでいてセシルがいるだけで、辺り一帯がぱっと華やかになるようなオーラがあった。

「こ、こんにちは……」

鏡越しに話をしていた、あの小さなセシルだと分かっていても緊張してしまう。セシルは現在二十四歳だそうで、年下だった彼は今や五つも年上になっているらしい。

（しかもセシルは私に「大好き」「将来結婚したい」なんて言っていたわけで……）

ずっと昔のこととはいえ、目の前の超絶美形の王子様の発言だと思うと落ち着かない。

そもそも私は、セシルが王子様だったことすら知らなかった。けれど王族という立場だと、色々と隠さなければいけないこともあったのかもしれない。

そわそわしてしまう私に、セシルはふわりと微笑《ほほえ》んだ。

「申し遅れました。僕はセシル・フォン・ラングフォードと申します」

「私は桜庭《さくらば》……華恋、です。よろしくお願いします」

「こちらこそ。ラングフォード王国へようこそ、カレン嬢」

「……はい」

分かっていたはずなのに、他人行儀なセシルの態度や「カレン」と呼ばれることに対し、寂しさを感じてしまう。

——鏡越しにセシルと話をする中で、何度も「いつか実際に会ってみたいね」なんて言葉を交わしていたことを思い出す。

たとえ望んでいた形とは違っても、せっかくセシルと会うことができたのに。

本当の名前を名乗ることすらできないことに、やるせなさも感じる。

(私はずっと、カレンとして生きていかなきゃいけないの?)

本当の名前もセシルとの思い出も、全て華恋に奪われたままなんて絶対に嫌だった。

『聖女である私の言うことをみんな信じるから、何を言っても無駄よ。おかしな女だと思われたくなかったら、大人しくカレンとして過ごしてちょうだい』

けれど私が思っている以上に、華恋はこの国で強い力を持っているようだった。私が本当のことを言ったところで、誰かが信じてくれる保証だってない。

それに華恋にも、何か事情があるのかもしれない。とにかくもう一度華恋と話をして、きちんと理由を聞くまでは黙っていた方がいいはず。

「その本は？」

「図書館でお借りしたんです。この世界やこの国のことを勉強しようと思いまして」

そんなことを考えているとセシルに手元の本について尋ねられ、素直に答える。

するとセシルは両目を見開いた後、少し悲しげに眉尻《まゆじり》を下げた。

「……彼女にも、少しでもそんな姿勢があれば良かったのに」

長い金色の睫毛《まつげ》を伏せ、ぽつりと呟《つぶや》く。

その言葉の意味が分からずにいる私を見て、セシルは困ったように微笑んだ。

「いえ、なんでもありません。僕の方でも良い本を探しておきますね」

「あ、ありがとうございます……！」

その優しさに胸を打たれていると、側《そば》にいた従者らしき男性がセシルに「お時間が」と声をかけ、セシルは頷《うなず》く。

第一王子という立場は、私が想像しているよりもずっと多忙なのだろう。

「何か困ったことがあればいつでも僕を頼ってくださいね」

それでもセシルは「初対面の私」に対しても、こうして気遣ってくれている。

無性に距離や寂しさを感じる一方、セシルが優しい素敵な男性に育っていたことが嬉《うれ》しくて、胸の奥がじわじわと温かくなった。

「カレン嬢にもこの世界、この国を好きになっていただけたら嬉しいです」

頬が緩むのを感じながら「はい」と返事をすると、セシルも笑顔を返してくれる。

そして去っていくセシルの背中を見つめながら、私は心が軽くなるのを感じていた。

「その、セシル……様はどんな方なんですか？」

再び自室へ向かって廊下を歩きながら、ニコラさんに尋ねてみる。

今のセシルのこと、私が知らないこの十年ほどのセシルのことが知りたいと、強く思う。

「とても素晴らしい方ですよ。何もかもが完璧で、国民からも愛されていますから」

そう話すニコラさんの表情はとても明るいもので、心から第一王子であるセシルを慕っていることが窺《うかが》えた。

昔のセシルは失敗をするたび、泣いてばかりいたのに。

（……たくさん頑張ったんだね）

セシルが努力を重ねていたことだって、私は知っている。それが実を結び、多くの人に愛される立派な人になったのだと思うと、誇らしい気持ちになった。

本当はもっと話をしたいけれど、今の私が「一花」ではない以上、きっと叶《かな》わない。

けれどほんの少しでも、こうしてセシルと話すことができて良かった。

（よし、私も頑張ろう）

改めて気合を入れた私は本を抱きしめながら、軽い足取りで自室へと向かったのだった。

◇◇◇

数日後の昼下がり、リビングで読書をしていると、にこやかなニコラさんに声をかけられた。

「カレン様、お茶はいかがですか？」

「ぜひ！　お願いします」

「はい。セシル様にいただいたお菓子も一緒にご用意しますね」

「ありがとうございます。今度お会いしたらお礼を言わなくちゃ」

実は昨晩、セシルの使いだという人達が早速、たくさんの本を持ってきてくれた。お菓子や綺麗なお花までいただいてしまい、セシルの気遣いには感謝してもしきれない。

セシルのくれた美味《おい》しいクッキーをいただきながら、手元の聖女に関する本を捲る。

「異世界から来た聖女って、王族と結婚するものなんですね」

「聖女様は代々、国王陛下に嫁がれます。既に正妃がいた場合、側妃という形にはなりますが」

「い、一夫多妻制……？」

現在の国王陛下も過去、側妃を迎えていたんだとか。

先日私に「殺す」なんて物騒なことを言ってきた黒髪の男性は、王妃様の子であるセシルとは腹違いの第二王子で、ノア様というらしい。

カルチャーショックを受けながらも、華恋がセシルの婚約者の立場であることに納得した。

そして先日の様子を見る限り、華恋はその未来を受け入れているらしい。

(セシルは華恋が「一花」だって、信じているんだよね)

鏡越しでは声だって毎回違って聞こえるし、顔すらも見えなかった。その上、セシルにとっては十年以上も前のことだから、気付かないのも仕方ないのかもしれない。

「……華恋は今頃、何をしてるのかな」

華恋にも結局あの日以来会えておらず、避けられているようだった。なぜ華恋が変わってしまったのかも分からないまま。

そんなことを考えながら、再び本のページに手をかけた時だった。

(な、なに……？)

突然、部屋の入り口の方が騒がしくなったかと思えば、複数の足音や不機嫌そうな声と共に誰かがリビングの中に入ってくる。

「お待ちください、ノア様！　勝手に入られては困ります！」

「うるさい、黙れ」

制止しようとする見張りの騎士を追い払っているのはなんと、先日の第二王子だった。

ずかずかとソファに座る私の側までやってきて、冷ややかな眼差しで私を見下ろす。

「お前、名は」

低い声で吐き捨てるように、そう尋ねられる。

表情や声音、全てから私に対する嫌悪が感じられ、何の興味もないのは明らかだった。

「いち……じゃなかった、華恋です」

それでも一応相手は王族であり、無視をするわけにはいかないと返事をする。

すると第二王子は片側の口角を上げ、鼻で笑った。

「まあ、お前の名前なんて覚える気もないんだがな」

「………」

心の中で「そっちが聞いたくせに！」と苛立《いらだ》ちながらも、必死に笑顔を保つ。

とにかく余計なことはせず、用件があるならさっさと済ませて出ていってほしい。

「ええと、何の用でしょうか？」

私の問いを無視したまま、第二王子は我が物顔でどかりと向かいのソファに腰を下ろした。

驚くほど偉そうで、優しくて穏やかなセシルとは大違いだと思いながら様子を窺う。

(でも、この人も作りものみたいに綺麗な顔をしてる……じゃなくて！)

うっかり見惚れてしまい、しっかりしなければと首を左右に振る。

やがて第二王子は大袈裟《おおげさ》に溜《た》め息《いき》を吐《つ》いた後、まっすぐ私へと視線を向けた。

「――非常に不本意だが、今日からお前は俺の婚約者になったそうだ」

そして告げられた言葉に、頭の中が真っ白になる。

しばらく声ひとつ出すことができず、ようやく口をついて出たのは間の抜けた声だった。

「……はい？」

呆然《ぼうぜん》とする私をよそに、第二王子はニコラさんの出したお茶を呑気《のんき》に飲んでいる。

側で控えていたニコラさんの表情にも、動揺の色が浮かんでいた。

「婚約者って、どういうことですか……？」

「聖女――異世界人と王族は結婚するのが習わしだからな。結婚から逃げていた俺に無理やり充てがう相手としては、ちょうど良かったんだろう」

他人事《ひとごと》のようにそう言ってのけた第二王子を前に、私はなおも言葉を失ってしまう。

つまりこの国の人々は彼に無理やり結婚をさせるため、その口実としてちょうど良かった私を婚約者に据えるつもりなのだろう。

いきなり異世界に来てしまった上に、よく知りもしない他人と結婚させられるなんて、受け入れられるはずがない。

膝《ひざ》の上の両手をきつく握りしめ、顔を上げる。

「……嫌です」

「は？」

「あなたと結婚なんてしたくありません。そうするくらいなら、ここを出て生きていきます」

はっきりと告げると、第二王子は呆《あき》れを含んだ笑いを浮かべた。

「この世界に来た時点で、お前に自由なんかない。どこに逃げたってすぐに捕まるのがオチだろうな。異世界人ってのはそういうものだ。自分の立場を理解しろ」

「……っ」

容赦のない冷淡な言葉に、心臓が鉛のように重たくなっていく。客人のような丁重な扱いを受けていても、結局私には何の選択肢も自由もないことを思い知らされていた。

元の世界の法律や常識などここでは通用しないのだと、ぐっと唇を噛《か》む。

「そもそも、俺だってお前みたいなちんちくりんは好みじゃない」

「ち……⁉」

その上、畳みかけるようにそんなことを言われ、もう呆れ果てた私は言葉を発することすらできなくなっていた。一体、私が何をしたというのだろう。

「父や大臣達を納得させられさえすれば、婚約も結婚も形だけでいい。どうせセシルとあの女が世継ぎを産むんだ。一生お前に手は出さないから安心しろ」

「…………」

王子という立場でなければ好き勝手言ってやるのにと思いながら、拳《こぶし》を握りしめる。

「とにかく俺の婚約者として、恥じない働きをしろ」

「働きって……」

「明日からは淑女教育を受けてもらう。再来週行われる婚約披露パーティに、お前は俺のパートナーとして出席することになっているからな」

「ちょ、ちょっと待ってください！」

私だって当事者のはずなのに、勝手に話は進んでいくばかり。

（淑女教育？　婚約披露パーティ？　訳が分からない）

元の世界で普通の大学生として生きてきたというのに、急にそんなことを言われたって無理に決まっている。

この国のことだけでなく貴族社会やマナーについても、私は何ひとつ知らないのだから。

「話はそれだけだ」

第二王子はティーカップをソーサーに置き、戸惑う私を無視して立ち上がる。

そしてリビングのドアの前まで移動したところで、ふと足を止めた。

「俺がお前を好きになることはないから、期待するなよ」

それだけ言うと第二王子は部屋を出ていき、ぱたんとドアが閉まる。

「…………」

静まり返った部屋で真っ白なドアを眺めながら、絶句してしまう。

十九年間生きてきた中で、これほど失礼な扱いをされたことはなかった。

一方的に散々言いたいことだけ言って、私の意見なんて一切聞き入れる様子もない。

「もう、なんなの！」

私は側にあったクッションを手に取ると顔を埋《うず》め、お腹《なか》の底から込み上げてくる怒りをぶちまけるように、そう叫ぶことしかできなかった。


それから一時間後、私はニコラさんと共に王城の敷地内にある庭園を歩いていた。

見渡す限り広がる広大な庭園は細部まで整えられており、丁寧に刈り揃《そろ》えられた草木や花々はあまりにも綺麗《きれい》で、感嘆の溜め息が漏れる。

「とても綺麗な場所ですね」

「はい、国一番の庭師がいますから」

花の香りを乗せた優しい風が、頬を撫《な》でていく。

こうして美しい花々を見ながらゆっくりと歩いているうちに、先程までの怒りや憂鬱《ゆううつ》な気持ちが晴れていくのが分かった。

「すみません、ニコラさん。気を遣っていただいて……」

「いいえ、お気になさらないでください。少しでも気分転換になればよいのですが」

「それはもう！　ありがとうございます」

けれど元の世界に帰る方法を探すだけでなく、あの第二王子との婚約など、まだまだ問題が山積みなことに変わりはない。

この世界で自由もなく言われるがままに生きていくなんて、絶対に嫌だった。

まずは知識を増やして、この世界できちんと生きていくための術《すべ》を身につけなければ。

「あの、先程のノア……様は、どんな方なんですか？」

まずは情報収集だと、薔薇《ばら》のアーチをくぐりながらニコラさんに尋ねてみる。

ニコラさんは少し躊躇《ためら》うような様子を見せた後、困ったように微笑《ほほえ》んだ。

「第二王子であるノア様は、不思議なお方ですよ」

「不思議？」

「はい。そもそもノア様は他人を寄せ付けず、女性にも一切ご興味がないようです。過去に婚約者候補のご令嬢もいらっしゃいましたが、全てノア様が拒否されて……」

確かにあの様子を見る限り、女性どころか普通に人と仲良くする姿すら想像がつかない。

それでも「異世界人」という特異な存在に関しては国も黙ってはおらず、流石《さすが》に撥《は》ね除《の》けることができなかったのかもしれない。

「ですが唯一、護衛騎士であるデリック様には心を開いておられるようです」

一応は友達がいるんだと思いながら、ニコラさんの話に耳を傾け続ける。

「セシル様に劣らずとても優秀な方ですのに、王位継承権にも興味がないようで……セシル様に対しても、一歩引いているような印象を受けます」

第二王子の母親である側妃は亡くなっていて、王妃様が王城内を取り仕切っているらしい。異母兄弟で立場も違う二人の関係は、あまり良くないようだった。

そもそもあの人は基本的に、他人が嫌いなように見える。

私との婚約だってどう見ても乗り気ではなかったし、お互いに何かメリットがあれば解消に向けて動いてくれるかもしれない。

「それと、ノア様は女性からとても人気があるんですよ」

「えっ？　あんな性格なのに……？」

「あの冷たさがお好きな方もいるようです」

「そ、そうなんですね……」

確かにすごく綺麗な顔はしていたけれど、私には到底理解できそうになかった。

とにかく今しばらくは、大人しく言う通りにするしかない。

「あそこにいるのって……」

そんな中、少し遠くにふたつの人影を見つけて足を止める。

それが華恋とセシルだと気付いた瞬間、私は無意識に近くの生垣に身を隠していた。

こちらには気付いていないらしく、そっと遠くから二人の姿を見つめる。

「ふふ、私は——だけど、セシルは——……」

会話の内容まではっきり聞こえないものの、華恋はセシルに腕を絡め、頬を染めながら楽しげに話をしている。

セシルを見つめる瞳《ひとみ》は熱を帯びていて、とても幸せそうに見えた。

(……華恋は元の世界に帰りたいと思っていないのかな)

お父さんもお母さんも、みんな華恋のことを心配していたのに。一日だって華恋のことを思わない日はないと、憔悴《しょうすい》していたことを思い出す。

私までいなくなった以上、二人がどれほどの心労を重ねているかは容易に想像がつく。

(私は絶対に帰らなきゃ)

元の世界に戻る方法を探しつつ、華恋とも話をして、できることなら一緒に帰りたい。

改めてそう決意しながら、ニコラさんと別の道から自室へと戻ろうとした時だった。

（──あれ？）

視界の端に見えた華恋は先程と変わらず、花畑を指差しながら楽しげに話をしている。

けれどセシルの顔に表情はなく、華恋へ向ける眼差しはひどく冷たいものだった。

◇◇◇

第二王子──ノア様との婚約の話を聞いてから、一週間が経つ。

私もだいぶここでの暮らしに慣れてしまっていて、人間の順応力には驚かされるばかりだ。

「ここは確かこうですよね？」

「ええ、その通りです。もう応用も完璧《かんぺき》ですね」

あの翌日からは婚約披露パーティに向けて淑女教育──この国のことや貴族社会における礼儀作法などを、朝から晩までびっしりと学ぶ日々を送っている。

そして今も私専属の教師であるエイデン男爵夫人のもと、ラングフォード王国やこの国の王族について学んでいた。羊皮紙にペンを走らせながら、必死に知識を詰め込んでいく。

（色々と学べるのはありがたいけど、時間が足りなすぎる……）

王族の婚約者として大勢の貴族が参加する場に出る以上、失敗は許されないという。たった二週間で完璧な淑女になんてなれるはずがないと、心の中で独《ひと》り言《ご》ちる。

けれどあのノア様の前で失態を晒《さら》してしまえば何を言われるか分からないため、必死に取り組み続けていた。

（そもそも言いたいことだけ言っておきながら、放置なのも解せないし）

ノア様とは、あれから一度も顔を合わせていない。

やはり私とは必要最低限の付き合いでいくつもりなのだろう。

やがて最後まで書き取りを終えてペンを置くと、男爵夫人は両手を合わせて微笑んだ。

「素晴らしい集中力です」

「ありがとうございます」

男爵夫人はいつも私のことを褒めてくれる、とても優しい人だ。

それでいて結構お喋《しゃべ》りなところがあるようで、図書館にある本には書いていない、且つニコラさんも知らないような噂話なんかも教えてくれて、助かっている。

「毎日ずっと机に向かわれているようですが、辛《つら》くはないですか？」

「はい、元々勉強する習慣はついていましたから。それに初めて触れる文化は面白いですし」

素直な気持ちを伝えると夫人は片手で頬を覆い、ふうと息を吐いた。

「イチカ様も、もう少し意欲を見せてくださるといいのですが……」

「あはは……」

夫人は元々、華恋の指導も担当していたらしい。

けれど全くやる気を見せず「こんなことを学ぶのは私の仕事じゃない」と文句を言い、勉強そっちのけでパーティ三昧《ざんまい》、買い物三昧だったとか。

（華恋は元々、勉強が大嫌いだったし……容易に想像がつくなあ）

聖女の仕事に関しても、自分がやりたいと思ったもの以外は断っているそうだ。

そんな身勝手な振る舞いが許されるほど、聖女という存在はこの世界にとって大切で重要なものなのかもしれない。

（……どうして、華恋が聖女に選ばれたんだろう）

この世界に来てから、ずっと気になっていた。

私と華恋はなぜこの世界に呼ばれたのか、なぜ華恋だけが聖女なのか、疑問は尽きない。

「あの、魔法が使えるかどうかって、どうしたら分かるんですか？　もしかすると私も魔法が使えたりしないかなー、なんて思ったんですが……」

本を読んだ限りこれまでの異世界人は華恋を含め、全員が聖女の力を持っていたらしい。

けれど私は自身に能力があるかどうか調べられることすらなく、違和感を抱いていた。

「それは……」

私の問いかけに対し、夫人は気まずそうな表情を浮かべる。

そして少しの間、悩む様子を見せた後、私の耳元に口を寄せた。

「カレン様には魔法を学ばせないよう、命じられているのです」

「――え」

予想外の返事に、どくん、と心臓が嫌な音を立て始める。

夫人は「どうか内緒にしてくださいね」と言い、眉尻《まゆじり》を下げた。

（一体、誰がそんなことを……？）

気になることは多々あるものの、夫人の様子を見る限り、これ以上踏み込むと彼女の立場が悪くなってしまう気がして、ぐっと言葉を飲み込む。

「さて、今日はここまでにしましょうか。午後からのダンス練習も頑張ってくださいね」

「ありがとうございました。次も頑張ります」

夫人を見送った後、次の授業までまだ少し時間があることを確認し、机に突っ伏した。

冷たくて硬い机の感触を頬で感じながら、先程の夫人の言葉を思い出す。

（どうして私に魔法を学ばせたくないんだろう？　私が魔法を使うと、何か不都合がある……？）

夫人に何かを命じることができる立場の人なんて、きっと限られている。

私の知らないところで様々な思惑が渦巻いていると思うと、なんだか気味が悪い。

（でも、魔法が使えないわけじゃないのかもしれない）

そう思った私は、身体《からだ》を起こして手のひらを前に突き出す。

そしてよくある漫画みたいに、魔法が出るよう「はっ」と念じてみる。

「…………」

けれど何も起こらず魔法の「ま」の字すら感じられず、無性に恥ずかしくなった私はそそくさと本を抱えて授業用の部屋を後にしたのだった。

それから二時間後、昼食を終えた私は午後からのダンス練習に励むべく、小ホールと呼ばれる部屋へやってきていた――のだけれど。

「…………」

「…………」

今現在、私の目の前にはむすっとして不機嫌さを隠そうともしない、ノア様の姿があった。

黒いシンプルなシャツに身を包んだ数日ぶりの彼は両腕を組み、まるで視界に入れるのも嫌だと言いたげに、思いきり私から顔を逸《そ》らしている。

私も私で笑顔を取り繕うのをやめ、じとっとその顔を見つめるだけ。

どこからどう見ても険悪な雰囲気の私達を意に介さず、ダンスの先生は両手を合わせ、ニコニコと愛らしい笑みを浮かべている。

「パーティで完璧な姿をお見せできるよう、当日まで毎日お二人で練習しましょうね」

なんと来週の婚約パーティでは、ダンスをする機会があるらしい。

それもノア様と私、二人だけで。

異性と踊るダンスの経験なんてあるはずもなく、先週から必死に練習を続けている。

それでも私がド素人《しろうと》であることに変わりはないし、その上ノア様がその相手となると、成功するビジョンなど全く見えない。

「は、毎日だと？　なんで俺まで」

「カレン様はこの先一生、ノア様のパートナーなんです。今のうちから呼吸を合わせておいて損はありませんよ」

「…………」

ノア様に対して先生は笑顔のまま一切引かず、観念したようにノア様は溜《た》め息《いき》を吐《つ》いた。

そして整いすぎた顔に「面倒」「最悪」と書いてあるまま、私に右手を差し出す。

「始めるぞ」

「……よろしくお願いします」

大きくて硬い、温かな手を取り、ぺこりと頭を下げる。

そうして始まったノア様とのダンス練習は、それはもう悲惨なものだった。

「わっ、ごめんなさい！」

「…………」

「あっ……すみません……」

「…………」

これまでは先生に基本のステップを習うだけで、誰かと踊るのは初めてだったこともあり、私はステップを踏み間違えたり、ノア様の足を踏んだりしてしまう。

そのたびに、元々不機嫌だったノア様の表情はさらに険しくなっていく。

「チッ」

「…………」

最終的には舌打ちまでされてしまい、私は今すぐに逃げ出したくなっていた。

そんな私達の様子を見て苦笑いをしていた先生は空気を変えるように、ぱんと両手を叩《たた》く。

「なかなか息が合いませんね。ノア様、カレン様にもう少し合わせてみましょうか」

「……はあ」

本日何度目か分からないノア様の盛大な溜め息を聞きながら、心も身体ものすごい勢いですり減っていくのを感じる。

先週生まれて初めてダンスをやったのだから、これでもかなり頑張っている方だと思う。

この国やノア様の都合に合わせて必死にやっているというのに、理不尽にも程があった。

「ん」

もう一度最初からやることになり、再びノア様に差し出された手を取る。

そうして先生の手拍《てばたき》に合わせて再びステップを踏んでいると、不意に足元が滑った。

「わっ……!?」

体勢を崩してしまい、視界が傾く。

そのまま後ろに倒れてしまうと思った瞬間、腰に腕を回されたのが分かった。

(――え)

もう一方の手で腕を掴《つか》まれ、ぐいと抱き寄せられる。

ノア様の胸の中に飛び込む形になったことで、転ばずに済んだらしい。

驚くほど良い香りがして、少しだけどきっとしてしまいながら、慌てて離れる。

「す、すみません……！　ありがとうございます」

「………」

てっきり転んで鼻で笑われることを想像していたため、助けてくれるなんて意外だった。

もう一度お礼を言うとノア様は私から目を逸らし、片手で前髪をかき上げる。

「お前、思ったより重いな」

「………………」

この人は、常に失礼なことを言わなければ死んでしまう病気でも抱えているのだろうか。

少しだけまともな部分もあるのかも、なんて思った数秒前の気持ちを返してほしい。

（どうか一秒でも早く、この時間が終わりますように）

結局、最後の最後までそう祈らずにはいられなかった。


そして翌日もまた、あちこち筋肉痛の身体を引きずって小ホールへとやってきていた。

「………………」

「ノア様、いらっしゃいませんね」

先生と並んで椅子に座り、ずっと待っているものの、いつまで経ってもノア様は現れない。

大方、私との練習が嫌でボイコットしたのだろう。

（絶対にこうなると思った。私が大失敗して、ノア様も恥をかけばいいいんだ）

私が深く息を吐く中、先生は立ち上がると、申し訳なさそうな顔をした。

「練習をしなければなりませんし、男性役の方を探してきますね。騎士などの貴族令息なら、どなたでもダンスは嗜《たしな》んでいますので」

「は、はい！　お願いします」

ぱたぱたとホールを出ていく先生を見送った私は、そのままぼふりとソファに倒れ込んだ。

(本当にむかつく、もう知らないんだから！)

柔らかなソファに体重を預けていると、つま先から首まで全身にだるさを感じる。

ハードな生活を送っているせいか疲労もかなり溜まっていて、このまま目を閉じれば一瞬で眠ってしまいそうだった。

(とにかくノア様との結婚なんて、絶対に回避しなきゃ)

ぎゅっとソファの上にあったクッションを握りしめながら、改めて心に誓う。

そんな中、ホールの中にコンコン、という軽いノック音が響いた。

「失礼します」

「……え」

慌てて身体を起こすと同時に聞こえてきたのは、穏やかな優しい声で。聞き覚えのある声に戸惑いながら、扉へと視線を向ける。

「お待たせしました」

「セシル様……？」

ホールへ入ってきたのはなんとセシルで、思わず目を瞬く。

今日も穏やかな笑みを浮かべた彼は、なぜここに、と困惑する私の側《そば》へ向かってくる。

「ダンスの練習相手を探していると聞いて……ノアがすみません」

「い、いえ！　セシル様のせいではないので、お気になさらないでください」

「ありがとう。君さえ良ければ、僕が一緒に踊っても？」

「えっ？　でも私、本当に下手《へた》なのでご迷惑をおかけしてしまうかと……」

セシルが練習相手として申し出てくれるなんて、想像もしていなかった。

昨日みたいに何度も足を踏んでしまうかもしれないし、セシル相手にそんなことをしては、罪悪感で押《お》し潰《つぶ》されて寝込む気がしてならない。

「そんなこと、全く気にしませんよ。むしろそのための練習なんですから」

けれどセシルは一切気にしないというように、微笑《ほほえ》んでくれる。

不安はあるけれど、ここまで言ってくれている以上、断る方が失礼に違いない。

そう思った私はぐっと両手を握りしめ、まっすぐにセシルを見上げた。

「ありがとうございます、ではよろしくお願いします」

「はい、こちらこそ」

ほっとしたように微笑むセシルの後ろで、先生も安堵《あんど》の表情を浮かべている。

「では、早速練習を始めましょうか」

先生の声を受け、まずはスカートの裾《すそ》を摘《つま》んで一礼した。

差し出されたセシルの手は私よりも二回りほど大きくて、少しだけ冷たい。

音楽が流れ、ステップを踏み始めてすぐ、私は心の中で一種の感動を覚えていた。

（わあ、すごく踊りやすい……！　ノア様の時とは全然違う）

セシルが私に合わせ、気遣いに溢《あふ》れたリードをしてくれているからだと気付く。

これまでは次の動作を思い出しながら足をひたすら動かすだけだったけれど、お蔭《かげ》で音楽に合わせる余裕も出てくる。

「始めたてとは思えないくらい、お上手《じょうず》ですね」

「セシル様のお蔭です！」

憂鬱《ゆううつ》だったダンスが初めて楽しいと思えて、自然と笑みがこぼれる。

そんな私を見て、セシルも柔らかく両目を細め「それなら良かった」と微笑んでくれた。


何曲も通しで踊って最後の一曲も終え、セシルに向かってカーテシーをする。

先生も感激した様子で拍手をしてくれていて、この調子で練習を重ねていけば、本番もなんとか形にはなりそうだと胸を撫《な》で下《お》ろした。

「セシル様、今日は本当にありがとうございました！　少し感覚が掴めたような気がします」

「僕で良ければいつでも声をかけてください」

「は、はい」

そう返事をしたものの、忙しそうなセシルに声なんてかけられそうにない。気持ちだけありがたく受け取っておこうと思う。

「もう二時間も経っていたんですね。あっという間でした」

「はい。途中、セシル様と頭がぶつかりかけた時はどうなるかと思いましたが」

「咄嗟《とっさ》に腕を引いて正解でした」

小ホールを出て、セシルと二人で他愛《たわい》のない話をしながら広い廊下を歩いていく。

ダンス練習の時もそうだったけれど、こうして並ぶとセシルとの身長差を実感し「本当に大人になったんだなあ」なんて感想を抱いてしまう。

鏡越しに当時の姿はよく見えなかったものの、話し方や態度などから、セシルが十歳の男の子であるのは伝わってきていた。

「この後の予定は？」

「エイデン男爵夫人と勉強をすることになっています」

そう答えると、セシルは申し訳なさそうな顔をした。

「無理をさせてしまってすみません。君はまだこの国に来たばかりだというのに」

「いえ、元々勉強は好きなので楽しいです。それに文化や歴史についても面白いんですが、特に医療についても興味深いです。魔法がある分、この世界では怪我の治療も――……」

それからしばらくぺらぺらと語ってしまったところで、セシルがじっと私を見つめていることに気が付き、ハッと我に返った。

ほぼ初対面の相手にいきなりこんな話をされては、セシルだって退屈で仕方ないはず。

「す、すみません！　私ってば、一方的にこんな……」

「謝らないで。もっと君の話が聞きたいです」

けれどセシルは、まっすぐな眼差しと共にそう言ってくれる。

心からの気持ちであることが伝わってきて、胸の奥が温かくなった。

「君は医療の分野について興味が？」

「はい。元の世界では医者を目指していたので」

「そうなんですね。……きっとこれまでたくさんの努力を重ねてきたんでしょう」

セシルはそう言って、どこか寂しげな、悲しげな表情を浮かべた。もしかすると、私がもう元の世界に帰れないということを気にしているのかもしれない。

私は元の世界に帰ることを諦《あきら》めていないし、この世界に来たのはセシルのせいでもない。

気にしてほしくなくて、私は空気を変えようとセシルに笑顔を向けた。

「セシル様こそとても努力家だと伺いました」

「いいえ」

セシルは金色の長い睫毛《まつげ》を伏せ、首を左右に小さく振った。

「……僕はきっと、君とは違う」

そう呟《つぶや》いたセシルの表情には、陰りが見える。

どういう意味だろうと考えているうちに、私の暮らす部屋へと到着していた。

セシルはこのまま仕事に戻るらしく、貴重な時間を使ってくれたことに改めて感謝をする。

「本当にありがとうございました」

「どういたしまして。それではカレン嬢、また」

「はい、また」

セシルと別れて自室へ入った私は静かにドアを閉め、そのまま背を預けた。
こうして大人になったセシルとたくさん話をすることができて嬉《うれ》しかった、けれど。
(……やっぱり、セシルにカレンって呼ばれるのは寂しいな)
目を閉じれば今でも、セシルと交わした言葉が脳裏に蘇《よみがえ》る。
《イチカ、大好きだよ!》
あの頃とは違う距離感に、どうしても寂しさを感じられずにはいられなかった。

◆◆◆

「イチカ様、失礼いたします」

「なに? すっごく疲れてるの、手短に話してちょうだい」

一年が経っても慣れない妹の名前で呼ばれ、部屋の中へ入ってきたメイドへ視線を向けた。

深く頭を下げている若いメイドには、セシルの様子を報告するよう命じている。

「——は? セシルとカレンが二人で?」

そうして一花がセシルとダンスの練習をしていたと聞いた途端、腹の底から煮え立つような怒りが込み上げてくるのが分かった。

この時間、セシルが暇ではないことも分かっているから尚更だった。

「本当にあざとい子ね! 取り入るのが上手《うま》いんだから」

セシルは誰にでも優しいけれど、どこか他人に対して一線を引いている印象だったのに。

誰よりも多忙な中、わざわざダンスの練習なんかを自ら申し出るなんて、一花に対して好感を抱いたからに違いない。

苛立《いらだ》ちをぶつけるようにテーブルを片手で叩《たた》きつけると、がしゃんと音を立ててティーカップが転がり、中に入っていた紅茶が楕円《だえん》状に広がった。

（一花はいつだって簡単に、私の周りから全てを奪っていく）

腕を組み椅子の背に思いきり体重を預けると、頭を下げ続けているメイドを睨《にら》みつけた。

「今後もしっかり報告してちょうだい」

「かしこまりました」

メイドが出ていった後も苛立ちが収まることはなく、親指の爪を噛《か》む。

二人きりで過ごしていながら、セシルが何も言いに来ないことを鑑《かんが》みるに、一花は「自分が本物の一花だ」とは話していないのだろう。

大方、私が嘘を吐《つ》いていること、一花に対して冷たく当たっていることにも、何か事情があると考えているのだと容易に想像がつく。

「……本当にどこまでも甘いのね」

呆《あき》れから、乾いた笑いが漏れる。

そんなところが腹立たしくもあり、羨《うらや》ましくもあった。

――一花は昔から、底抜けに「良い子」だった。優しくてまっすぐで、当たり前のように自分よりも他人を優先することができる。

明るくて素直な一花はいつだって周りから愛され、大切にされていた。

（……こんな私とは、全然違う）

ふつふつと黒い感情が込み上げてきて、振り払うように前髪をくしゃりとかき上げる。

「セシルにも注意しておかないと」

彼は私の婚約者であり、一花にはあの無愛想な第二王子という婚約者ができたのだから、セシルが一花に構う必要なんてない。

それでもまだ信用ならないと思った私は良いことを思い付いたと、口角を上げた。

「……そうだわ、王妃様から注意してもらえばいいのよ」

セシルだって結局、あの人には逆らえやしないのだから。

◆第三章　開花

たくさんの豪華な料理を前に私は背筋をぴんと伸ばし、緊張でいっぱいになっていた。

つい先程までは「お腹《なか》すいたなあ」なんて言っていたのに、今や食欲なんて失せている。

(それにしても、いきなりすぎない？　この四人で食事なんて……)

そう、今現在私は王城内の広くて豪華な食堂にてノア様、華恋、セシルと四人で大きなテーブルを囲んでいる。

昼頃に突然「四人で夕食を食べることになった」と呼び出され、華恋と少しでも話ができたらと思い、来てみたけれど。

「挨拶《あいさつ》が遅くなってすまなかった」

「いえ……」

まさかこのラングフォード王国の国王陛下まで来るなんて、聞いていない。

華やかな金や宝石の宝飾品とグレーの毛皮を身に纏《まと》った陛下は、セシルと同じ金色の髪に、ノア様と同じエメラルドグリーンの瞳《ひとみ》が印象的で、端整な顔立ちをしている。

セシルやノア王子も王族らしい高貴なオーラがあるけれど、陛下の存在感や高貴な雰囲気は二人と比べ物にならないほどだった。

「セシルから勉強熱心で素敵な女性だと聞いている。ノアをよろしく頼むよ」

「は、はい！」

私の側《そば》までやってきた陛下は、柔らかく両目を細める。その目元はセシルによく似ていて、ほんの少しだけ緊張がほぐれていく気がした。

（セシル、私のことをそんな風に話してくれてたんだ）

まだ関わりは少ないけれど、セシルが「今の私」をそう思ってくれているのは嬉しい。

胸を打たれていると、視界の端で私の隣に座っているノア様が鼻で笑ったのが分かった。

「まだ不安なことも多いだろう。ノアも婚約者として支えるように」

「……はい」

いつも偉そうなノア様も流石《さすが》に陛下には逆らえないのか、大人しく返事をしている。

結局ダンス練習もあれから一度も来ていないくせにと、心の中で悪態を吐く。

「私はこれで失礼するよ。お前たちはゆっくりしていってくれ」

陛下はふっと微笑《ほほえ》み、真っ赤なマントを翻して食堂を出ていった。

国王としての厳格さもありながら、優しさや温かさも感じられる人だという印象を抱く。

「…………」

「…………」

「…………」

「…………」

そうして食堂には私たち四人だけになり、しんと沈黙が流れた。誰も口を開こうとせず、皿とナイフが擦《こす》れる音だけが響いている。

（セシルもいる以上、ここでは華恋と話をすることもできないし……）

気まずさを感じながらも、ひとまず冷めないうちにと料理を口へ運んでいく。

あまりにも空気が重すぎて、美味《おい》しいはずの料理の味だってほとんど分からない。

「カレン嬢」

そんな中、沈黙を破ったのはセシルだった。

顔を上げると、華恋の隣で穏やかな笑みを浮かべたセシルと視線が絡む。

「婚約パーティの準備は順調ですか？」

「はい、なんとか」

この国についてや礼儀作法に関する勉強、ダンス練習に始まり、きっついコルセットを締められた衣装合わせまで、やることは尽きない。

（セシルも昔、勉強や剣の練習が辛《つら》いとこぼしていたっけ）

王族ともなれば、幼い頃から厳しい教育を受けてきたはず。私のこの一時的な忙しさなんてきっと可愛《かわい》いもので、今のセシルになるまでの努力は計り知れない。

「それは良かった。楽しみにしていますね」

「ありがとうございます」

なぜ華恋でもノア様でもなく私に話しかけるのだろうと思いながら、笑顔を返す。

ちらっとノア様へ視線を向けると、手元だけを見て黙々と食事を続けていた。

(……セシルとノア様、会話どころか一度も目を合わせていない気がする)

異母兄弟ということもあって、やはり仲が良くないのかもしれない。過去のセシルの話を聞く限り、家族仲も良くなかったはず。

なんだか寂しい気持ちになってしまいながら、水の入ったグラスに口をつけた時だった。

「ねえ、カレン。私達の婚約パーティもセシルのお蔭《かげ》でとても素敵なものになったのよ」

くすりと笑う華恋に声をかけられ、驚いて顔を向ける。あの日以来の初会話がこれかと思いながらも「そ、そうなんだ」と当たり障りのない返事をしておく。

真っ赤な唇で笑みを浮かべた華恋は、なおも続ける。

「こうして見ると、二人はお似合いよね」

その視線は私とノア様へと向けられていて、開いた口が塞《ふさ》がらなくなった。

(ど、どこが……?)

あまりにも的外れな言葉に、私だけでなくノア様も呆れた表情を浮かべている。

そして今になって、ノア様は華恋のことも一度も視界に入れていないことに気が付いた。

「セシルもそう思うでしょう?」

「…………」

華恋に同意を求められたセシルは、笑顔を返すだけで無言のまま。

とにかく少しでも早くこの地獄のような晩餐《ばんさん》から抜け出すべく、食事を進める。

「……わ！　このお魚、美味しい」

メイン料理の魚は見たことがないものだったけれど、あまりの美味しさに驚いてしまう。

「そちらの世界にはないもののようですが、口に合ったのなら良かった」

「はい、とても！」

にこやかなセシルに何度も頷《うなず》きながら、お肉のようなふっくらとした身を噛みしめる。

セシルの手元を見ると、既に魚は食べ終えたみたいだった。

《魚の見た目が苦手で、また残して怒られちゃった……》

『えっ！　美味しいものもたくさんあるから、もったいないよ！　私も大好きだし』

《……イチカが好きなら、頑張って食べてみようかな》

『うんうん、えらいよセシル！』

鏡越しにそんな会話をしたことを思い出し、口元が緩む。

（本当に大人になったんだなあ……）

苦手なものも食べられるようになって偉いと、心の中で拍手をする。

すると同時に、華恋が「ふふっ」と笑った。

「セシルは子どもの頃、魚が苦手だって言っていたわよね」

まるで自分がセシルから聞いたように話す華恋に、苦笑いが漏れた。

（私が華恋に話したことを、よくもまあ……）

私が以前、華恋に話したセシルに関する話題を覚えていて、こうして「一花」として振る舞ってきたのだろう。

こんな風に利用されるために、華恋に話していたわけではないのに。分かっていたこととはいえ、胸の奥にもやもやとした気持ちが広がっていくのを感じていた時だった。

ガタン、という大きな音が室内に響く。

「気分が悪くなった」

荒々しく席を立ったノア様はそれだけ言って、食堂を出ていく。

(えっ……？)

ちらっと見えた表情は冷め切っており、本気で苛立っていることが窺《うかが》えた。

「あら、どうしたのかしら」

「…………」

華恋は首を傾《かし》げ、セシルは無表情でノア様が出ていった扉を見つめている。

この空気のまま二人と食堂に残されるのも嫌で、私も慌てて席を立った。

「私も失礼します」

セシルが何か言いかけた気がしたけれど、そのまま食堂を出る。

すると薄暗い廊下の少し先に、ノア様の姿が見えた。

なんとなく先程の様子が気がかりで、追いかけて隣に並ぶと「おい」と声をかけられる。

「なんでお前がついてくるんだよ」

「こ、婚約者ですし！」

我ながら全く説得力のない理由だと思いながら答えると、ノア様はハッと鼻で笑った。

「なんだよそれ、かけらも思ってないだろ」

それでもノア様は私に「どこかに行け」なんて言うこともなく、並んで廊下を歩いていく。

お互いに無言ではあるものの、先程とは違い気まずさを感じることもないまま、私も自室へ向かって歩みを進めた。

「…………」

ノア様は華恋が話した途端、苛立《いらだ》った様子を見せたように思う。

『……お前、あの女の姉なんだってな。俺はあの女が世界一嫌いなんだ』

華恋と姉妹だからという理由だけで、ほぼ初対面で「余計なことをしたら殺す」とまで言われたことを思うと、本当に華恋が嫌いなのだろう。

どうしてもその理由が気になってしまって、恐る恐る尋ねてみる。

「あの、どうしてイチカのことが嫌いなんですか」

するとノア様は私を一瞥《いちべつ》した後、静かに口を開いた。

「嘘吐《うそつ》きだからだ」

「えっ？」

「――あの女は、俺の一番大切なものを冒涜《ぼうとく》した」

そう言ったノア様からは、強い怒りが感じられた。

けれどその横顔はどこか悲しげで切なげで、思わず足を止める。

それ以上尋ねることなんて、とてもできそうにない。

私はそのまま廊下を歩いていくノア様の背中を、ただ見つめることしかできなかった。

(華恋は一体、何をしたの……?)

◇◇◇

ノア様との婚約披露パーティを翌日に控えた今日、私は王城内をひとり歩いていた。

『本当によく頑張られましたね。本日はゆっくりお過ごしください』

今日はラストスパートをかけるつもりが、男爵夫人に勉強禁止令を出されてしまい、いきなり手持ち無沙汰《ぶさた》になってしまった。

ゆっくりするよう言われたけれど、部屋にこもっていてもすることだってない。

あまりにも暇でニコラさんやメイドの仕事を手伝いたいと申し出たところ、首が飛ぶから絶対にそれはできないと、慌てた様子で断られた。

——そして色々と悩んだ結果、王城内を探検してみている。

一応は自分が暮らしている場所なのに、ちゃんと見て回ったこともなく、何も知らないことに気付いたからだ。王城の中は驚くほど広くて、一日では回りきれそうにない。

「次はこっちに行ってみようかな」

廊下の突き当たりで分かれ道になっており、適当に選んだ右側へ進んでいく。

ニコラさんが案内すると言ってくれたけれど、私は何でもニコラさんに頼ってばかりだし、見て回るくらいなら一人でできると思い、お断りして今に至る。

「……やっぱり、お願いすれば良かったかな」

けれど似たような扉や廊下がひたすら続いており、道に迷ってばかりいた。そのたびに通りかかる人に道を聞いてはいたものの、ものすごく効率が悪い。

その上、誰もが異世界人である私にどう接していいのか分からないらしく、申し訳なくなるほど気を遣われていて、もはや声すらかけにくい。

（むしろ、怖がられているような……？）

この調子では日が暮れてしまいそうだし、あと少しだけ散歩がてら歩いたら部屋に戻ろう。

そう決めて廊下を進んでいると、不意に「カレン嬢？」と背中越しに声をかけられる。

聞き覚えのある穏やかな声に振り返れば、そこには予想通りセシルの姿があった。

「こんにちは。君がこんなところにいるのは珍しいですね」

「セシル様、こんにちは。先日は本やお花、ありがとうございました！　医療に関する本も用意してくださって……」

夕食を食べた時にも顔を合わせたけれど、華恋もノア様もいたため、お礼を言えずにいた。

本当に嬉《うれ》しかったと真っ先に伝えれば、セシルは柔らかく微笑んだ。

「少しでもお役に立てたなら良かったです」

「どれもすごく勉強になりましたし、遅くまで夢中になって読んじゃいました」

「……全てもう読んだんですか？」

「はい。図書館に同じ著者の本があったんですが、それも面白くて」

三日ほどであっという間に読み終えてしまったと話すと、セシルはアイスブルーの両目を瞬いた後、くすりと笑った。

「君はすごいですね。あんなにも多忙なスケジュールをこなしていたのに」

「読書は趣味みたいなものですから」

「そうですか。また良い本を探しておきます」

子どもの頃、セシルも読書が好きだと話していた記憶がある。次に図書館に行ったら、セシルが好きだと言っていた物語を探してみるのもいいかもしれない。

「君はここで何をしていたんですか？」

「王城内の探検、ですかね……？」

今日一日時間ができたため、今更ながら王城内を見て回っていると話したところ、セシルは納得した様子を見せた。

「なるほど、そうだったんですね。探検は順調ですか？」

「とにかく部屋が多いので、よく分からなくて……実は迷ってばかりいます」

「この王城内には大小合わせると、千ほどの部屋がありますから。生まれた時からここで暮らしている僕ですら、入ったことのない部屋はたくさんありますよ」

「せ、千部屋……」

衛兵の控室や使用人が寝泊まりする部屋も合わせるとそれほどになるらしく、私が想像していたよりもずっと広くて、驚愕《きょうがく》してしまう。

迷うのも当然だと思っていると、セシルは「それなら」と続けた。

「良ければ僕が案内しましょうか？」

「えっ？」

「生まれ育った場所ですし、それなりに詳しい自信があるので」

こちらとしてはありがたいものの、周りからセシルは休みなく働いていると聞いており、先日のダンスの件も申し訳なく思っていたくらいだった。

「でも、セシル様はお忙しいんじゃ……」

「大丈夫ですよ。僕も気分転換になりますし」

ここまで言ってくれている以上、断るのも悪い気がしてくる。

そんな中、後ろに控えていた従者らしき若い男性が「セシル様」と声をかけた。

「ですが、王妃様が……」

その表情や声音からは、私を案内しようとしているセシルを止めたいことが窺える。

もしかすると、この後に王妃様との予定が入っているのかもしれない。

「いいんだ。異世界人である彼女を案内するのも、王子としての仕事のうちだろう」

けれどセシルははっきりとそう言ってのけ、譲る様子はない。

やがて男性は「かしこまりました」と一礼すると、この場を去っていった。

「大丈夫なんですか？」

「はい、問題ありません。行きましょうか」

笑顔のまま歩き出したセシルの後を、慌ててついていく。

私がさっきまでいたのは王城に勤める使用人向けの区画らしく、同じような部屋ばかりで迷ってしまうのも当然だそうだ。

私とセシルの組み合わせを、行き交う人々は不思議そうな目で見ていく。

「やっぱり異世界人って、関わりにくいものなんでしょうか？」

「というと？」

先程声をかけた人々の反応について話すと、セシルは苦笑いを浮かべた。

「すみません、きっとイチカのせいでしょう。彼女が些細《ささい》なことに腹を立て、トラブルになったことも少なくないので」

前回の聖女が現れたのは今から数十年前らしく、それを知らない今の人々は華恋によって「異世界人は関わっても良いことがない」というイメージを抱いているようだった。

（どれだけやりたい放題をしたらそんなことに……）

ニコラさんからも華恋を怒らせて追い出されたメイドの話を聞いているし、怯《おび》えるような態度を取られていたことにも納得してしまう。

「それに先日の晩餐《ばんさん》でも、イチカとノアのことで嫌な思いをさせてしまいましたよね」

「いえ、大丈夫です！　私こそ突然出ていってしまってごめんなさい」

あの後は二人もすぐ、食堂を後にしたという。

そして自分が呼ばれているわけではないと分かっていても、セシルが「イチカ」と言うたび、どきりとしてしまって落ち着かない。

「ダンスの方も順調ですか？」

「はい、お蔭様《かげさま》で。明日きちんと踊れるかは不安なんですが……」

先生の知人の男性を相手に練習は続けてなんとか形にはなったけれど、最初の一日しか来ていないノア様と呼吸を合わせられる気がせず、一番の不安要素が残ったまま。

とにかく明日、無事に踊りきれることを祈るばかりだった。


「ここが謁見の間、国王が訪問者と会うための部屋です」

セシルは丁寧に王城内を案内してくれて、重要な場所は一通り覚えられたように思う。迷わないよう覚えやすい目印なども教えてもらい、お蔭でもう一人で歩くことができる気がする。

「ここはよく僕も使っている空き部屋で、こっそり休憩するのにおすすめですよ。一人になりたい時なんかは特に」

「セシル様もこっそり休んだりするんですね」

「はい。……幻滅しましたか？」

「まさか！　むしろもっともっと休むべきだと思います！」

前のめりで断言すると、セシルは「良かった」と笑ってくれる。出会った頃は泣いてばかりいたこともあり、私はセシルが笑ってくれるとすごく嬉しかったことを思い出していた。

（そういえば、セシルがいつも私と話していた鏡ってどこにあるんだろう？）

気になったものの尋ねることもできず、セシルと並んで廊下を進んでいく。

不意に窓の外へ視線を向けた私は、ぴたりと足を止めた。

「あれは何ですか？」

今いる三階の廊下の窓から見えた、遠くにある白い大きな建物について尋ねてみる。遠目からでも分かるくらい、厳《おごそ》かで神聖な雰囲気があった。

「神殿です。隣り合ってはいますが、一応は王城の敷地外になります」

ゲームなどでは聞いたことがあるものの、実際に何をする場所なのかは分からない。

セシルに聞いたところ、神殿長という強い権力と魔力を持つ人のもと、神事を行ったり、光魔法使い達が治療を行ったりするんだとか。

「光魔法使いも治癒魔法を使えるんですよね？　聖女と何が違うんですか？」

「魔物や瘴気《しょうき》の浄化は聖女にしかできません。呪いに関しては聖女だけでなく、神殿長などの一部の人間であれば対処できますが」

「呪い……」

なんだかこの世界は物騒な単語も多くて、後で調べてみようと決める。

とにかく聖女——華恋は特別な存在なのだと、改めて思い知った。

「最後に庭園を見ていきませんか？　王族専用の場所にも、僕と一緒なら入れますから」

「ぜひ！　お願いします」

王城内の広大な庭園はまるでおとぎ話に出てきそうなくらいとても綺麗《きれい》で、最近は休憩や気分転換をしたい時、よく足を運んでいる。

セシルに案内されながら王族専用だという庭園へ足を踏み入れると、視界いっぱいに真っ赤な薔薇《ばら》が咲き誇っていた。ちょうど満開の時期なのか、濃厚な香りで満たされている。

無駄のない繊細な美しさに目を奪われつつ、ここにある全てが大切にきめ細かな世話をされているであろうことは、無知な私にも分かった。

「わあ……すごく綺麗ですね。絵本の中の世界みたい」

「母が好きなんです」

眉尻《まゆじり》を下げて微笑《ほほえ》んだセシルは、細くて長い指先でそっと一輪の薔薇の花びらに触れる。

美しい薔薇と相俟《あいま》って、そんなセシルの姿はまるで一枚の絵のように見えた。

(きっと王妃様もセシルに似て、薔薇が似合う綺麗な人なんだろうな)

それからゆっくりと薔薇を見て回った後は、一般開放されている庭園を通って私の部屋まで向かうことにした。

「この庭園ではガーデンパーティなどもよく催されるんです」

「お、おしゃれ……きっと素敵なんでしょうね」

本当の名前は名乗れなくても、こうしてセシルと何気ない会話ができるのは嬉しい。

それに過去「できそこないのいらない子」なんて言われて泣いていたセシルが、第一王子として大切にされて暮らしていることにも、安心していた。

「何か他にも困ったことや知りたいことがあれば、気軽に言ってください」

「……知りたい、こと」

ずっと気になっていた、魔法に関する話が頭を過《よぎ》る。

男爵夫人に「私に魔法を教えるな」と命じた人物は未だに誰なのか分かっておらず、誰にも相談できていなかった。

けれど、セシルになら尋ねてみても大丈夫な気がする。

「あの、実は私も魔法を――」

「きゃああっ」

私が口を開くのと同時に、ドンッという大きな音と共に女性の悲鳴が辺りに響く。

セシルと顔を見合わせ、音がした方へ向かって走る。

すると裏庭で洗濯物を干していたらしいメイドが、物干《ものほ》し竿《ざお》と共に地面に倒れていた。

「大丈夫ですか？」

「だ、第一王子殿下……」

慌てて駆け寄ったセシルと私の姿を見て、倒れているメイドや彼女の同僚らしきメイド達はひどく驚き、困惑しているようだった。

倒れているメイドは足首を手で押さえながら痛みを堪《こら》えており、風で倒れた物干し竿を避《よ》けようとした際、思いきり捻《ひね》って転んでしまったという。

「イチカを呼んできた方が……」

「こんなことで聖女様のお手を煩わせるわけにはいきません！」

元の世界での感覚で何気なくそうこぼすと、メイドは本気で慌てた様子を見せる。私にとっては姉である華恋と、この世界の人々にとっての華恋は違うのだと実感した。

「ごめんなさい、少しだけ失礼します」

メイドの白い靴下をそっと下げ、患部の状態を確認する。

(骨折や脱臼《だっきゅう》はしていないみたい。腫《は》れもあるし、悪化しないよう固定した方が良さそう)

捻挫《ねんざ》だろうと判断した私はハンカチを取り出して八つ折りにし、靴の底から足関節後方、足首の前にかけて巻いていく。

しっかり固定した後、戸惑っている様子のメイドに声をかけた。

「なるべく患部を動かさないようにして、すぐにお医者さんに診てもらってください」

「あ、ありがとう、ございます……」

私達に何度も頭を下げながら、他のメイドたちに支えられてひょこひょこと歩いていく姿を見送っていると、自身の無力さを心底感じる。

きっと聖女である華恋なら、魔法でぱっと治してみせるのだろう。

(……せっかく魔法のある世界に来たんだから、私にも誰かを治す力があればよかったのに)

そんなことを考えていると、隣に立つセシルからの視線を感じた。

「メイドの手当てをしてくださって、ありがとうございました」

「いえ、手当てだなんて言えるほどのものじゃありません。大事に至らないといいんですが」

セシルも心から心配しているようで、やっぱり優しいなと口元が綻《ほころ》ぶ。

それからは私の暮らす部屋まで送ってもらい、部屋の前でセシルに向き直った。

「セシル様、本当にありがとうございました」

「こちらこそ。楽しい時間でした」

「本当ですか？　私もとても楽しかったです」

この世界に来てからというもの、誰かと気兼ねなく話をすることだってほとんどない。

だからこそ、今日はとても良い気分転換になったように思う。

「はい。なぜか君とは、初めて会った気がしないんです」

「……え」

そんなセシルの言葉に、小さく心臓が跳ねる。

昔のことを思い出してくれたのかもしれないと、胸が温かくなった。

「明日のパーティ、楽しみにしていますね」

「はい。よろしくお願いします」

セシルを見送った後はニコラさんとのんびり自室で過ごし、寝る支度を終えた頃、怪我をしたメイドから丁寧な感謝の手紙が届いた。

医者に診てもらうまで少し時間がかかったものの、固定したお蔭で悪化せずに済んだこと、安静にしていれば問題ないと診断されたということが綴《つづ》られており、ほっとした。

「……今日、楽しかったな」

ベッドに入って天井を眺めながら、ぽつりと呟《つぶや》く。

（またセシルとあんな風に話せたらいいな）

そして明日も良い日になりますようにと願いながら、私は穏やかな気持ちで眠りについた。

◇◇◇

ノア様と私の婚約披露パーティ当日、朝から王城内は慌ただしい空気に包まれていた。

使用人達は多くの招待客を迎え入れるための準備にかかりきりで、色とりどりの花や豪華な料理が次々と会場へ運び込まれていく。

（いよいよこの日が来ちゃった……）

主役である私も、もちろん例外ではなく。

朝早くに起きた後はゆっくりお風呂《ふろ》に入り、ニコラさんを始めとするメイドたちによってそれはもう丁寧に洗われ、良い香りのするクリームで全身をマッサージされた。

「カレン様のお肌はとても綺麗ですね。羨《うらや》ましいです」

「そうですか？　ありがとうございます」

ここ最近はニコラさん以外のメイドも、気さくに声をかけてくれるようになっている。当初、彼女達がきっちり線引きをしているように感じた原因も、華恋にあったらしい。

メイド達の中には華恋の機嫌を損ねたことで担当を外され、私のもとに来た人もいるようで、もう同じようなことが起きないよう、機械的な仕事に徹していたんだとか。

『ですが、カレン様と関わっていくうちにそんな考えも変わったようですよ』

日頃の私の様子やこまめに感謝の気持ちを伝えていることで、私なら大丈夫だと思い心を開いてくれたのだとニコラさんから聞いた時には、本当に嬉《うれ》しかった。

「うっ……な、内臓が出そう……」

「申し訳ありません、しばらく我慢してくださいね」

その後はニコラさんによって地獄のコルセット締めをされ、豪華なドレスに着替えた。

ノア様と対になっているというドレスは鮮やかなアプリコットカラーで、繊細なレースがふんだんにあしらわれ、豪華な刺繍《ししゅう》で縁取られている。

髪飾りやアクセサリーもドレスに合わせた大粒の宝石が輝く高級品で、元の世界で生きていたら一生身に着けることのないものばかりだった。

(ここにいたら、金銭感覚がおかしくなっちゃいそう)

とにかくドレスを汚したりアクセサリーを落としたりしないよう、気を付けなければ。

落ち着かないまま鏡台の前へ移動した後は数人がかりで髪を結われ、化粧をしてもらう。

「――できました！　カレン様、とてもお美しいです」

やがてそんな声に目を開けると、鏡に映る自分と目が合った。

私の後ろにはブラシを片手に、満足げに微笑むニコラさんの姿がある。

「すごい、別人みたい……」

頬に手をあてながら鏡を覗《のぞ》き込《こ》んでしまったくらい、華やかで大人っぽい仕上がりに感嘆の溜《た》め息《いき》が漏れた。肌はキラキラ輝いているし、目だっていつもより一回り大きく見える。

やはりこうして綺麗にしてもらうと、胸が弾んでしまうのが女の子というもので。パーティへの不安や憂鬱《ゆううつ》な気持ちが薄れていくのを感じる。

「カレン様、本当に素敵です。きっとノア様も見惚《みと》れてしまいます」

「まさか、絶対にありえないですよ」

メイド達に恥ずかしくなるくらい褒められ頬が緩むのを感じていると、ノック音が響いた。

返事をするとすぐにドアが開き、中へ入ってきたのはもう一人の主役だった。

「準備は終わったか」

「……ノア様」

白と紺を基調としたジャケットの胸元には私のドレスと同じ色のコサージュがあり、濃紺のジャボの中心にある大粒の宝石も、私のアクセサリーと同様のものが使われている。

(わあ、本当に王子様みたい……正真正銘、王子様なんだけど)

元々ノア様は圧倒的な美貌《びぼう》の持ち主ではあるものの、正装姿はその魅力を一層引き立てていて、思わず息を呑《の》んでしまうほどだった。

「…………」

「…………」

ついじっとその姿を見つめてしまう一方で、ノア様も私を見て一瞬、目を見開く。

それからはお互い見つめ合う謎の沈黙が続いたけれど、やがてノア様は溜め息を吐《つ》き、ぱっと私から目を逸《そ》らした。

「行くぞ」

「はい」

差し出された手を取り、二人で会場である大広間へと向かう。

廊下に出てからはノア様の腕に自身の腕を絡め、歩幅を合わせて進んでいく。王族や貴族は公的な場でエスコートをするのが当然だと分かっていても、やはり落ち着かない。

そんな私の心のうちを見透かしたように、ノア様は形の良い眉《まゆ》を寄せた。

「どうした」

「その、こうして腕を組むのは少し恥ずかしくて……」

正直に話すと、ノア様は深緑の目を瞬く。

私は中高と女子校育ちだったし、大学に入っても海斗や女友達とばかり過ごしていたから、恋だってしたこともないし、異性と触れ合うなんて尚更だ。

ノア様は片側の口角をふっと上げると、まっすぐ前を向いた。

「子どもだな」

「……そういうノア様はずいぶん慣れていらっしゃるようで」

「は？　別に俺は――……」

そこまで言いかけたところで、ノア様は口を噤《つぐ》む。

気が付けばもう大広間の入場用の扉が見えており、その隙間からは人々の話し声や優雅な音楽が聞こえてきた。本当にいよいよだと、ごくりと喉《のど》が鳴る。

「とにかく大人しく掴《つか》まっておけ」

「は、はい」

高らかに私達の入場が宣言され、ゆっくりと扉が開かれる。

（今日までたくさん頑張ってきたんだし、今日は「ノア様の婚約者」としてやりきろう）

改めて気合を入れて、ぎゅっとノア様の腕を掴む。

そして私は背筋をしゃんと伸ばし、眩《まぶ》しい光に満ちた大広間へ足を踏み入れた。

煌《きら》めくシャンデリアの下、華やかな装いをした大勢の人々が楽しげに言葉を交わしている。

その中心で私は、これまでの人生で類を見ないほどの注目を浴びていた。

「まあ、あの方が例の二人目の異世界人……」

「綺麗《きれい》な方じゃないか」

やはり主役である以上、常に視線を向けられ、ひそひそと囁《ささや》き声が聞こえてくる。

それでいて常に招待客が代わる代わる挨拶《あいさつ》に訪れるものだから、私は笑みを浮かべたまま、この場から一歩も動くことができずにいた。

「初めまして、カレン様」

「はい、初めまして」

「このたびはご婚約、おめでとうございます」

「ありがとうございます」

一人一人と交わす言葉は少ない分、表面的な挨拶だけで済んでいるのはありがたい。何より第二王子の婚約者で異世界人という立場のせいか、誰もが好意的に接してくれる、けれど。

(ちょっとは助けてくれてもよくない……？)

私の隣に立つノア様はどこ吹く風といった様子で、しらーっとそっぽを向いている。

お蔭《かげ》で私ばかりが対応に追われており、心の中で悪態を吐く。

ちなみに先程、国王陛下には挨拶をしたものの、王妃様は体調が悪く欠席だそうだ。報告を受けた際、ノア様はなぜか「だろうな」と鼻で笑っていた。

「……はあ」

そんな中、コツコツというヒールの音と共に、豪華なドレスやぎらぎらとした宝飾品を身に纏《まと》った令嬢達が私達の前へやってきた。

「ノア様、ご婚約おめでとうございます」

彼女達はノア様に好意を抱いているのか、私の存在は完全に無視でノア様にだけにこやかな笑顔を向けている。

とはいえ名指しである以上、流石《さすが》にノア様が対応してくれるだろうと思っていたのに。

「ああ」

ノア様の態度は変わらず、冷ややかに適当な返事をするだけ。

すると令嬢達はなぜかきっと私を睨《にら》み、あまりにも理不尽な展開に精神が削られていく。

彼女達が去った後、私はこそっとノア様に顔を寄せた。

「こういうのって、もっと愛想を良くした方がいいんじゃないんですか」

「俺はこれでいいんだよ。そうしたところで何も変わらないからな」

「…………？」

何も変わらないというのは、どういう意味だろう。

言葉の意味が分からず首を傾《かし》げていると、一人の男性がこちらへ近づいてくるのが見えた。

「ノア様、おめでとうございます」

「デリックか」

ノア様がデリックと呼んだ長身の男性は、鮮やかな長い赤髪を後ろでひとつに結んでおり、白い騎士服に身を包んでいる。

（あ、そうだ。確かニコラさんが前に「ノア様は唯一、デリック様という護衛騎士に心を開いている」って言っていたっけ）

つんとした無表情のノア様とは違い、デリックさんは親しみやすい笑みを浮かべている。

「初めまして、カレン様。ノア様の護衛騎士を務めているデリックと申します」

「こちらこそ初めまして、よろしくお願いします」

声音や態度からも好意的な印象を受け、つられて笑顔を返す。

「お前も来ていたんだな」

「当然でしょう。今日はノア様の護衛というより、会場全体の見張りですが」

年齢もノア様と同じくらいで、二人の間には気安い空気を感じた。

デリックさんと話すノア様は時折、子どもみたいに楽しげに笑っている。

（……ノア様もこんな顔、するんだ）

いつも仏頂面のノア様が無邪気に笑っているのを見るのは初めてで、少しだけどきっとしてしまった。普段から笑顔でいればいいのに、なんて思ってしまう。

「カレン様、どうかノア様をよろしくお願いしますね。少し……いえ、かなり不器用ですが本当は優しい方ですので」

「うるさい、余計なことを言うな」

にこにこと話すデリックさんに対し、ノア様はむっとした顔をする。

「本当は優しい……？」

「おい」

「いえ、なんでもないです」

にわかには信じがたい話に困惑していると、デリックさんは悪戯《いたずら》っぽく笑う。

「ノア様のことなら、何でも聞いてください」

「……では、何か弱みとか？」

「ああ、それでしたら――」

「いい加減にしろ」

冗談交じりにそう言うと、ノア様にじとっとした視線を向けられる。

それでも親しげなノア様とデリックさんの姿に、頬が緩むのを感じていた時だった。

視界の端からするりと真っ白な腕が伸びてきて、腕を絡め取られる。

「――おめでとう、カレン。やっぱりお似合いね」

ふわりと甘ったるい香水の香りを纏った華恋は私に抱きつき、にっこりと微笑《ほほえ》んだ。

そんな華恋の後ろには、正装姿のセシルの姿もある。

「か――イチカ、どうして……」

真珠がちりばめられた華美なデザインのドレスを着た華恋は、まるで親しげな姉妹だとでもいうように振る舞っていて、戸惑いを隠せない。

視界の端ではノア様が苛立《いらだ》った様子で、華恋から顔を背けたのが見えた。デリックさんも気を遣ってくれたのか、一礼して去っていく。

(華恋は一体、何を考えてるの？　普段はいくら人伝《ひとづて》に頼んでも絶対に会ってくれないのに)

とにかくこの機会を無駄にしないよう、意を決して華恋の両手をきゅっと掴む。

「ねえ、一度少し話を――っ」

けれどその途端、華恋はぱっと私の手を振り払った。

はっきりとした拒絶に、言葉を失ってしまう。

「私達の結婚式も楽しみにしていて」

華恋は一歩下がってセシルと腕を組み、甘えるようにしなだれかかった。

私の話なんて聞く気はないのだと、思い知らされる。

「会場内にいるので、何かあればすぐに声をかけてください」

私達の間のぎこちない雰囲気を感じ取ったのか、セシルは困ったように微笑む。

「セシル、人が多くて疲れちゃった。少し休みたいわ」

「……ああ、分かった」

華恋は「今日は楽しんでね」なんて言い、セシルの腕を引いて去っていく。

「……本当、何なの」

人混みに消えていく華恋の背中を見つめながら、ぽつりと呟《つぶや》く。

以前は一番近しい存在だと思っていた華恋のことが、今はもう何ひとつ分からない。

「あいつと仲が良くないのか」

するとずっと黙っていたノア様に、そんなことを尋ねられた。

「仲が良いと思っていたのは、私だけだったみたいです」

「ふうん」

興味なさげにそう言ったノア様は、華恋とセシルが去っていった方向を見つめている。

やがてこちらへ、休む間もなく一人の男性が近づいてきた。

「ノア様、少しよろしいでしょうか」

「ああ」

上位貴族らしい男性は何か話があるようで、ノア様は迷うことなく頷《うなず》く。

そしてノア様は、ちらっと私へ視線を向けた。

「少し行ってくる。隅っこで大人しくしとけ」

「えっ？　ちょ、ちょっと……！」

それだけ言うと、あっという間にすたすたと私を置いていなくなってしまう。

（し、信じられない……）

婚約者としての働きをしろなんて言っておきながら、知人もおらず、初めて社交の場に出た私をこんな風に放置するなんてあまりにも酷すぎる。

ぽつんとこの場に残された私に、誰も話しかけてくる様子はない。

（……みんな「第二王子の婚約者」という立場にしか興味がないんだろうな）

異世界人といえども聖女ではない私はただ珍しいだけの人間で、ノア様がいなければ価値がないと思われているに違いない。

少し虚しい気持ちになりながら気分転換をしようとホールを出て、庭園へと向かった。

静かな庭園の噴水の縁に腰を下ろし、ふうと息を吐く。

夜の庭園は初めてだったけれど、灯《あか》りに照らされた花々や噴水の水面に映る月は幻想的で、心が凪《な》いでいくのを感じる。

（もう少ししたら戻らなきゃ。遅くなったらノア様に怒られそうだし）

ぼんやり空を見上げていると、複数の足音がこちらへ近づいてきた。

「おや、あなたはノア様の……」

「主役がこんなところに一人でいるなんて」

現れたのは、招待客らしい数人の貴族令息だった。

彼らは一人ぼっちでいる私を不思議そうな顔で眺めていたけれど、やがて顔を見合わせ、呆《あき》れたような表情を浮かべて肩を竦《すく》めた。

「あの傍若無人な性格に振り回されているんでしょう？　可哀想《かわいそう》に」

「……え」

「第二王子とはいえ、所詮《しょせん》は平民の子ですよ」

突然の言葉に驚く私をよそに、彼らは口々にノア様の悪口を言い始める。

「セシル様とは大違いだよな」

「俺も昔からノア様が苦手でさ、馬鹿にされているような気がしないか？」

「…………」

やがて盛り上がり出し、だんだんとその勢いは増していく。

私だってノア様に対して思うところは色々とあるし、最初からずっと腹も立っているし、文句だってたくさん言いたいこともある。

けれどこんな風に本人の前では言えない陰口を叩《たた》くなんて行為、私は大嫌いだった。

「――悪口って、意地の悪い人の慰め合いなんですって」

私がそう言った途端、彼らは揃《そろ》って口を噤《つぐ》む。

心のどこかで後ろめたい気持ちや、そんな自覚があったのかもしれない。

「私の婚約者を悪く言わないでいただけますか？」

最後に笑顔を向けると「も、申し訳ありません……」と謝罪の言葉を口にしながら、一目散に去っていく。

「やな感じ！　こそこそ陰口を言うなんて、一番かっこわるいんだから！」

再び一人になった私は、ふんと鼻を鳴らして立ち上がった。

（そろそろ戻らなきゃ……あれ？）

そして王城へ視線を向けたところで、少し先に人影が見えた。

ノア様が着ていたジャケットと似ているように見えたけれど、きっと勘違いだろう。

「……こんな場所まで私を探しに来てくれるはずがないよね」

気分を変えるように軽く両頬を叩くと、私は軽い足取りで大広間へと向かったのだった。

会場に流れていた管弦楽団による演奏の音量が、一段階大きくなる。

いよいよダンスを披露する時間が近づいているのを感じながら、ノア様の姿を捜す。

「おい」

そんな声と共に腕を掴《つか》まれ、ぐいと引き寄せられる。

振り返った先にはノア様の姿があって、無性にほっとしてしまう。

「さっさと済ませるぞ」

「は、はい」

そのまま手を引かれ、ホールの中心へと向かう。

言葉遣いは相変わらず素っ気ないものの、声音や態度が先程までよりも柔らかく感じられるのは気のせいだろうか。

会場にいる全ての人の視線を浴びながら、一礼してノア様と手を取り合った。

（どうかノア様の足を踏まず、失敗しませんように）

心の中で強く祈りつつ、音楽に合わせてステップを踏んでいく。

そのうちに、周りからは口々に「まあ、素敵ね」「お似合いだわ」なんて声が聞こえてくる。

（あれ、なんだか踊りやすいような……前よりも合わせてくれてる？）

ノア様のリードも以前よりずっと丁寧で、そっと身を委ねると自然と身体《からだ》が動く。いつも緊張や不安で強張ってしまっていたものの、肩の力が抜けて足取りも軽くなった。

「……っ」

ふと顔を上げると、私をじっと見つめるノア様と至近距離で視線が絡む。

その表情も以前とは違い穏やかなもので、つい慌てて目を逸《そ》らしてしまった。

（……なんだかすごく、落ち着かない）

ノア様のリードに身を委ねながら、心臓が早鐘を打っていくのを感じた時だった。

――ぞくりと、全身に悪寒が走った。

咄嗟《とっさ》に嫌な感覚がした方向へ視線を向けると、黒いもやのようなものがこちらへ向かって飛んでくるのが見えた。いきなりのことに呆然《ぼうぜん》としてしまい、身体が動かない。

もう避《よ》けられないと、きつく目を閉じる。

「ぐ……っ」

その瞬間、ぎゅっと何かに包まれたかと思うと、勢いよく床に倒れ込んだ。

「な、なに……？」

けれどどこにも痛みはなく、恐る恐る目を開けた私は、息を呑《の》んだ。

ノア様が私を庇《かば》うように、抱きしめてくれていたからだ。

慌てて身体を起こしたものの、ノア様はぐったりとして床に伏したまま。

「大丈夫ですか！　ノア様！」

すぐに声をかけると同時に、緊急事態だと察したらしい招待客達から悲鳴が上がる。

「ノア様が倒れたぞ！」

「一体、何が……」

「すぐに医者を呼べ！」

会場中が喧騒《けんそう》に包まれる中、一度だけ深呼吸した私は、ノア様に顔を寄せた。

「ノア様、聞こえますか？」

「……っ」

意識はあるものの、とても苦しげで呼吸は浅く、顔色もひどく悪い。

そんな中、ノア様が左手で右腕をきつく握りしめていることに気が付いた。

「腕が痛みますか？　ごめんなさい、捲《まく》りますね」

そう声をかけて右腕のジャケットとシャツを捲った私は、絶句してしまう。

――ノア様の白い肌には、真っ黒な模様のような痣《あざ》が浮かび上がっていたからだ。

その上、まるで意志を持った生き物みたいに、今もなお広がり続けている。

「……なに、これ……」

ぞっとして固まっていると、一人の男性がこちらへ駆け寄ってきた。その身なりから、男性がこの王城の侍医であることが窺《うかが》える。

男性はノア様の腕を見た途端、息を呑み、やがて躊躇《ためら》うようにして口を開いた。

「これは呪いです。……それもかなり強力な」

「……そんな」

「すぐに治療をしなければなりません。聖女様をお呼びしなければ……」

次いでノア様の側《そば》へ駆け寄ってきたのは、セシルとデリックさんだった。

セシルはすぐに状況を理解したらしく、近くにいた騎士達に向かって声を上げる。

「イチカは先ほど部屋へ戻った！　早急に呼び戻せ！」

「はっ！」

セシルの命令に従い、騎士達は大広間の出入り口へと駆け出していく。

デリックさんは膝《ひざ》をつき、悔やむ表情を浮かべている。

「僕がついていながら……」

その様子に胸を締め付けられるのを感じながら、今もなお苦しみ続けるノア様を見つめる。

——先日、セシルに瘴気《しょうき》や呪いについて聞いた後、なんだか気がかりで本を読んで調べた。

呪いというのは、禁じられた闇魔法のことだそうだ。

セシルが言っていた通り、聖女や神殿にいる一部の人にしか対処ができず、普通の人は呪いの状態を見ることすらできないという。

(でもさっき、確かに黒いものが見えた。まさかあれが呪い……?)

華恋はなかなか現れず焦燥感は募るばかりで、一秒が永遠にも感じられる。

「ノア!　しっかりしろ!」

「…………」

セシルの必死の呼びかけに対しても、ノア様の反応はない。

顔色はどんどん悪くなるばかりで、呼吸も荒くなっていく。

(どうしよう、どうしよう……私には何もできない……)

ノア様は私のことを庇ってくれたのに。

ただ苦しむ姿を見ていることしかできない自分の無力さが、どうしようもなく恨めしい。

そっと触れたノア様の右手からは温度が失われていて、ひどく冷たい。

（私にも、何か力があればいいのに――！）

そして縋《すが》るようにノア様の手を両手で握りしめ、強くそう祈った時だった。

青白い光が私の両手を中心に広がり、辺りを照らしていく。

「な、なに……？」

温かな光は広がり続け、ノア様の右手いっぱいに広がっていた黒い痣が、すっと消えていく。

やがて光が収まる頃には、完全にノア様の手から呪いは消え去っていた。

「……え？」

今しがた起きた信じられない出来事に、呆気《あっけ》に取られながら自身の両手を見つめる。

「……今の光は一体……」

側で全てを見ていたらしいセシルの口からも、戸惑いの声が漏れた。

あれほど騒がしかった会場内も、しんと静まり返っている。

「ノア様！　大丈夫ですか！」

「……ああ」

自らゆっくりと身体を起こしたノア様を、デリックさんがすぐに支える。

つい先程まで意識が朦朧《もうろう》としていて、セシルの声に反応することもできなかったのに。

「お前、何を……」

私を見てそう呟《つぶや》いた途端、ぐらりとノア様の身体が傾く。

「ノア様！」

「意識を失っているだけのようです。とにかくノア様をお運びしろ！」

やはりまだ体調は優れないようで、侍医の男性の指示により、ノア様は急ぎ王城内の医務室へと運ばれることとなった。

「ひとまず僕達もここから離れましょう」

再び大広間がざわざわとし始める中、セシルは私に手を差し出してくれる。

（大丈夫、だよね……？　それにさっきの光は何だったの？）

運ばれていくノア様の姿を目で追いながら、私はそっと躊躇いがちにセシルの手を取った。

◇◇◇

セシルに手を引かれ、着いたのは応接間のような部屋だった。勧められたソファに、セシルとテーブル越しに向かい合う形で腰を下ろす。

メイドは二人分の温かいお茶を淹《い》れた後すぐに退室し、セシルと二人きりになった。

「色々と驚いたでしょう。大丈夫ですか？」

「はい、私は大丈夫です。でも、ノア様が……」

庇ってもらったお蔭《かげ》で私は無事だったものの、ノア様が心配で仕方ない。

それに先程の金色の光は一体、何だったのだろう。

「呪いって、闇魔法のことなんですよね」

「はい。我が国では禁じられており、使用すると重い罪に問われます」

セシルは湯気の昇るティーカップをソーサーに置き、続けた。

「使用者の寿命を代償にするため、効果は得てして強力です。先程ノアに掛けられたような強い呪いであれば、今頃命を落としている可能性が高い」

「そんな……」

恐ろしい話に、背筋に冷たいものが走る。

(そこまでして私やノア様を狙う理由があった、ってこと……?)

命を犠牲にするなんて信じられず、思わず両手で自分の身体を抱きしめる。

そんな私に、セシルはひどく優しい声音で「大丈夫」と言ってくれた。

「二人のことは絶対に僕が守ります」

「セシル様……」

その言葉はとても心強くて、不安や恐怖心が薄れていくのを感じる。

そして先程のことも含め、セシルはノア様を大切に思っている気がした。

「ノアが呪いを受けた時の状況を詳しく聞いても？　実は大臣達と話をしていて、その時の様子を見ていなかったんです」

「はい、本当に一瞬の出来事だったんですが……」

それから私は踊っている最中に黒いもやが飛んでくるのが見えたこと、ノア様が庇って守ってくれたことを話した。

セシルはアイスブルーの両目を見開き、じっと私の顔を見つめる。

「……呪いが見えたんですか？」

「はい。あれが呪いなら、そうです」

こくりと頷《うなず》けば、セシルは口元に手をあて、考え込む様子を見せた。

「呪いは聖女や神殿にいる一部の光魔法使いにしか見えない、というのはご存じですか？」

「は、はい。でもノア様にも見えたんですよね？」

庇ってくれた以上、私同様に呪いが見えたのだと思っていたものの、セシルは「いいえ」と首を左右に振って否定する。

「呪いが見えたわけではないと思います。ですがノアは魔法使いとして優秀ですし、魔力感知に長《た》けているので、闇魔法の気配に咄嗟に反応したのではないかと」

「気配」

まさかの超感覚に驚きつつ、本当に特別な人間にしか目視できないのだと悟る。

「でもそれなら、どうして私には見え――」

そこまで言いかけたところで、ノック音が室内に響いた。

お話中失礼します、と部屋に入ってきたメイドが深々と一礼する。

「ノア様がお目覚めになりました」

その報告にセシルと顔を見合わせ、ほっと胸を撫《な》で下《お》ろす。面会も可能らしく、セシルと二人ですぐに様子を見にいくことにした。

急ぎ足で医務室に向かい足を踏み入れると、ノア様、侍医の男性、デリックさんが一斉にこちらを向いた。

その空気は穏やかなもので、本当に大事に至らなかったのだとほっとする。

「わざわざ来たのか」

ベッドの上で身体《からだ》を起こしているノア様は、いつもの調子でそう言ってのけた。

そんな姿にも妙に安堵《あんど》してしまいながら、セシルとベッドの側へと向かう。

「もう大丈夫なのか」

「ああ」

「……そうか、良かった」

淡々としたノア様の返事に対し、セシルは安心したように息を吐いた。

やっぱり二人は、仲が悪いわけではないのかもしれない。

「ノア様にかけられた呪いは、間違いなくかなり強力なものでした。ですが驚くべきことに、現在は完全に消えております」

「それがなぜ……」

説明をする侍医の男性に対し、セシルは眉《まゆ》を寄せて問いかける。

「あの状況を鑑《かんが》みるに、カレン様が呪いを解いたとしか考えられません。あの青白い光も聖女様特有のものですから」

「えっ？」

予想外の言葉に、私だけでなくセシルやデリックさんも困惑しているようだった。

そんな中、ノア様だけは先程と変わらない表情のまま。

「なんだ。結局お前も聖女だったのか」

まるで大したことではないように、そう言ってのける。

なんだかノア様らしいと思いながらも、心臓が早鐘を打っているのを感じた。

(私も聖女？　聖女って一人じゃないの……？)

困惑する私に侍医の男性は「正式な調査は後日行われるでしょうし、本日はゆっくりお休みください」と言い、部屋を後にした。

自分自身のことが分からないなんて、と違和感やなんとも言えない怖さを覚えてしまう。

「とにかく大事に至らなくて良かった。犯人の捜索を続け、城内の警備も強化させます」

セシルはそう言うと、なおも困惑している私に向き直った。

「カレン嬢も色々あってお疲れでしょう。部屋までお送り――」

「待て」

私に手を差し出したセシルの言葉を遮り、ノア様はじっと私を見つめる。

「お前はここに残れ」

「えっ？　わ、分かりました」

びっくりしてしまいながらも、命を助けてもらった身である以上、こくこくと頷いた。

セシルもデリックさんも驚きを隠せずにいる中、ノア様は二人に出ていけと言わんばかりに、くいと顎《あご》でドアを指し示す。

二人はこんな調子に慣れているのか、仕方ないという顔をして部屋を出ていった。

「…………」

「座れ」

「は、はい」

なぜ私だけ残されたのだろうと不思議に思いながら立ち尽くしていると、ベッドのすぐ側《そば》の椅子に座るよう促された。

おずおずと椅子に腰を下ろし、ノア様の整いすぎた顔を見つめる。まだ少しだけ顔色は悪いものの、体調に問題はなさそうで本当に良かった。

「…………」

「…………」

ノア様は何も言わないままで、私もどうしたら良いのか分からず、沈黙が流れる。

ちらっとこちらを一度見たかと思えば、ふいと顔を逸《そ》らされた。

(ほ、本当に何なの……？)

何か用事があるわけではないのかな、と思いながら、お先にノア様に伝えたかったことを話させてもらうことにした。

「あの、さっきは庇《かば》ってくださってありがとうございました」

ノア様が庇ってくれなければ、今頃どうなっていたか分からない。

華恋だって結局、最後まで会場に現れなかったのだから。

「どうして私を庇ったんですか？」

「……気の迷いだ。礼なんか必要ない」

「ふふ、なんですかそれ」

真顔でそんなことを言うノア様に、思わず笑ってしまう。

(もしかすると、優しいところもあるのかもしれない)

口元が緩んでしまうのを感じていると、ノア様は私を見て少しだけ目を見開く。

「ノア様にとっては気の迷いでも、私はとても助かりましたから」

「……そうか」

そして再び私から顔を背け、ノア様はぽつりとそう呟いた。

再び沈黙が流れ、気まずい雰囲気をどうにかしようと笑顔を作る。

「それにしても婚約パーティ、散々な形になっちゃいましたね」

「あんな集まり、最初からどうだっていい」

「ど、どうだっていい……!?」

心底興味がないという様子で、ノア様はそう言ってのける。

流石《さすが》に聞き捨てならない発言に私は思わず席を立ち、ノア様に詰め寄った。

「わ、私がどれだけこの日のために頑張ってきたと思って……！」

「俺には関係ない」

「大ありです！」

どこまでも知らん顔をするノア様を、じとっと睨《にら》む。

「そもそも、ダンスの練習にだって来てくれませんでしたよね」

「セシルと楽しそうにしてただろ」

「えっ？　どうしてそれを……」

「寝坊した後、デリックに無理やり起こされて行ったからな」

ただ私と踊るのが嫌でボイコットしているのかと思っていたものの、ノア様はダンスの練習二日目もホールに足を運んでいたらしい。

そして私がセシルと練習しているのを見て、もう私の相手役をする必要はないと思い、翌日以降も来なくなったようだった。

けれどもう来ないいなら来ないで、一言あってもいいのは間違いない。

「お前だって、俺よりセシルの方がいいだろ」

苛立《いらだ》ちを隠さず舌打ちまでするノア様と、にこやかにリードしてくれるセシル。

どちらが良いかと問われると、もちろん踊りやすいのはセシルに決まっている。

（……それでも私は、ノア様のパートナーなのに）

当日の本番まで合わせることもできず不安になっていたけれど、この状況で「一緒に練習したかった」なんて言えるはずもなく。

口籠もっていると、ノア様はふっと口角を上げた。

「ああ、あいつじゃなくて俺が良かったのか？」

「えっ」

「お前、いつも俺の顔を見ているもんな。そんなに好みか」

「な、ななな……！」

はんと鼻で笑われ、言葉が出てこない。

なんとか必死に否定しても「どうだか」と小馬鹿にするような顔をされる。

「本当に私はそんなつもりじゃ――」

「水」

「…………」

そうかと思えば今度はいきなり手を差し出されて水を要求され、あまりのマイペースさに怒る気力も失せてしまった。

相手は病人だし、恩人だし……と仕方なく水差しからグラスに水を注ぎ、手渡す。

「どうぞ」

「ん」

ノア様は当然だと言わんばかりに、グラスを受け取る。

水を飲む姿を見つめながら、呆《あき》れを通り越して笑いが込み上げてくるのが分かった。

「……ふふ」

どこまでも自由で勝手で、こちらが気を遣うのも馬鹿らしくなってくる。

この世界に来てからは誰に対しても気を張りっぱなしで、セシルといても今は距離を感じ、気を遣ってしまっていたのも事実で。

（ノア様といると、ある意味気楽かもしれない）

とはいえ、それはそれでなんだか解せないから困る。

心の中で葛藤《かっとう》していると、ノア様はこちらを見て口角を上げる。

「変な顔だな」

「ちょっと」

今後は本当に気を遣うのはやめようと決意しながら、また笑ってしまったのだった。

◆◆◆

「ねえ、イチカ。ずいぶん来るのが遅かったじゃない」

「……申し訳ありません」

酔いそうなくらい甘いお香の香りが漂う部屋に、パチンと扇子を閉じる音が響く。

びくりと肩が跳ねてしまいながら、ちらりと向かいに座る王妃様を見上げる。

（……王妃様、今日も機嫌が良くないみたい）

陶器のように白い肌の上で真っ赤な唇は弧を描いているものの、セシルと同じアイスブルーの瞳《ひとみ》は全く笑っていない。

王妃様の輝く長い銀髪、寸分の狂いのない美しい顔立ちを初めて見た時、まるで精巧な人形みたいだという印象を受けた覚えがあった。

(セシルと顔立ちはよく似ているけれど、纏《まと》う雰囲気は全く違う)

穏やかなセシルとは違い、王妃様には人を人とも思わない冷酷さや強い威圧感、常に何を考えているのか分からない、底知れない恐ろしさがある。

こうして部屋に呼び出されることは少なくないけれど、未だに王妃様を前にすると、緊張や恐怖で身体が強張ってしまう。

「体調が良くないとお聞きしましたが、大丈夫なんですか?」

「ああ、あんなものはパーティに参加しないための適当な嘘よ。問題ないわ」

「……それなら良かったです」

王妃様は長い銀色の睫毛《まつげ》に縁取られた両目を細め、肘《ひじ》掛《か》けに腕をついた。

「お前も先程の騒ぎは聞いたでしょう?」

「はい」

一花と第二王子の婚約披露パーティには顔だけ出して部屋で休んでいたため、二人が強力な呪いによって命を狙われたという話は、後から報告を受けた。

——パーティが終わってから、三時間も経《た》った後に。

確か呪いというのは、聖女や神殿長など一部の人間にしか解呪できない。だからこそ、そんな緊急事態が起きた場合、聖女である私が一番に呼ばれるはず。

会場である大広間から私の部屋はそう遠くないし、ずっと起きていたから、私が気付かなかったなんてことも絶対にない。

（まさか、あえて取り次がれなかった……？）

心臓が嫌な音を立てていくのを感じていると、王妃様はわざとらしく溜《た》め息《いき》を吐《つ》いた。

「まさか、お前の妹も聖女だったとはね」

「…………」

私がいつまでも姿を現さず、一花を庇った第二王子の状態が悪化した末、一花が聖女の力を発現して救ったとも聞いている。

（最悪だわ。こうなることを恐れて、一花に魔法を学ばせないようにしていたのに）

二人も聖女がいるとなると、これまで築き上げてきた私の地位も揺らぐはず。

お人好しの一花は、惜しむことなく聖女の力を使おうとするに決まっている。そうなれば、これまで通りの仕事量や生活をした場合、比較され、私の評判だって悪くなるだろう。

今更になってこの世界に来るなんて、本当に邪魔で仕方ない。

その一方で、先程の騒ぎで一花が無事だったと聞いた瞬間、ほっとしたのも事実だった。

（……私は結局、中途半端だわ）

自己嫌悪や苛立ちを堪《こら》えるように、膝《ひざ》の上できつく両手を握りしめる。

「それにしても、どちらも無傷だなんてつまらない結果になったわ」

「まさか、あの騒ぎは王妃様が……？」

退屈だと言わんばかりにそう言ってのけた王妃様に、恐る恐る尋ねてみる。

けれど王妃様は何も答えてはくれず、温度のない両目を細めてくすりと微笑《ほほえ》むだけ。

「……っ」

間違いなく彼女が仕向けたのだと察した瞬間、ぞくりと全身に鳥肌が立った。

そんな私に、王妃様は続ける。

「お前の妹がノアの婚約者に決まった以上、何をすべきか分かっているでしょう？」

「……は、い」

口からこぼれ落ちたのは、ひどく掠《かす》れた小さな声だった。

――このラングフォード王国において、聖女は王族と結婚するとされている。だからこそ、王妃様は次期国王となるセシルの婚約者として、私に目をかけてくれていた。

けれど聖女が二人になった今、第二王子の婚約者の一花よりも私が劣っているとなれば、セシルの立場は悪くなってしまう。

「ひとまず私が上手《うま》くやっておくけれど、お前もしっかりなさい。使えないようなら――」

「分かっています！　……絶対に、上手くやります」

使えないと判断されれば、私だってきっと簡単に切り捨てられる。

私が本物の「イチカ」ではないことも知られているのだから、尚更だった。

（……この世界でも一花より劣った存在でいるなんて、絶対に嫌）

何より私自身もせっかく手に入れたこの地位を、失いたくはなかった。

「そう、それなら良かった。王族に薄汚い平民の血が混ざっただけでも耐え難いというのに、これ以上目に余るようなら私も黙ってはいられないもの」

冷え切った眼差しからは、第二王子を心の底から忌み嫌っていることが窺《うかが》える。

セシルを次期国王に据えるために邪魔というだけでなく、何か別の理由がある気がしてならない。

けれど迂闊《うかつ》に触れてはただでは済まないことくらい理解していた。


王妃様の部屋を出た後、重い足取りで一人薄暗い廊下を歩いていく。

このままでは本当に王妃様に見放されてしまうと、焦燥感が募る。

（一花までこの世界に来たせいで……）

今までもこれからも一花さえいなければ全部全部、上手くいくはずだったのに。

「——どうしていつも、一花ばっかり……」

もう絶対に邪魔はさせないと、ぐっと唇を噛《か》み締《し》めた。

◇◇◇

婚約披露パーティから、三日が経った。

ノア様の体調に問題はないらしく、昨日も様子を見にお見舞いに行ったけれど「よほど暇なんだな」なんて憎まれ口を叩《たた》く元気もあるようで、安心している。

呪いをかけた犯人も見つかったらしく、予想通り闇魔法を使った代償により、命を落としていたそうだ。

そして犯人は誰かに依頼された手駒に過ぎない、という見解が持たれているという。

（一体、誰がそんなことを……）

今は背後関係を調べているらしく、進展があることを祈るばかりだ。

そんな今日は聖女としての能力を調べられる予定で、指定された部屋へと向かっていた。

「…………」

王城内の廊下を歩いていると、常にすれ違う人々からの強い視線を感じる。

私も聖女かもしれないという噂は既に国中に広まっているらしく、常に注目を浴びていて、これまで以上に落ち着かない。

やがて指定された部屋に到着し、一呼吸おいてノックをする。

「失礼します」

「どうぞ」

部屋の中に入ると、そこには白いローブを身に纏《まと》った二人の男性の姿があった。

このローブは選び抜かれた優秀な魔法使いが所属する、王国魔法師団の証《あかし》だ。王国魔法師団は魔法使いのエリート中のエリートで、魔法に関する研究をしていると聞いている。

王国を守護する王国騎士団が武官とすると、王国魔法師団は文官のようなものらしい。

けれど中には戦闘能力に長《た》けた人もいて、特殊能力を持つ厄介な魔物が現れた際には騎士団と連携を取り、魔法を駆使して討伐をするんだとか。

「カレン様、お待ちしておりました。本日はどうぞよろしくお願いいたします」

「はい、こちらこそよろしくお願いします」

人のよさそうな笑みを浮かべた男性の目は、常に弧を描いている。栗色の少し長い髪はまっすぐに切り揃えられていて、纏う雰囲気からはなんとなく神経質そうな印象を抱いた。

「私は王国魔法師団の第三師団長を務めている、アイヴァン・グラントと申します。お二人目の聖女様にお会いできて光栄です」

アイヴァンさんと名乗った男性と、その部下である男性が二人で立ち会ってくれるそうだ。

部屋の中央にあるテーブルの上には、透明な水晶が置かれている。

「では早速こちらの水晶に手をかざして、魔力を込めてみてください」

そう言われたもののパーティの日以来、一度も魔法を使ってはいないし、誰かに習うこともなかったため、魔力の扱い方なんてさっぱり分からない。

「魔力ってどうやって込めるんですか？」

「ああ、すみません。光を灯《とも》すようなイメージをしていただければ」

「…………」

そんなアバウトな、と心の中で突っ込みつつ、一応言われた通りにやってみる。

（わ、本当にできちゃった）

すると手のひらからは青白い光が出て、水晶の中がキラキラと光りだす。やがてその輝きは中心に集まり、いくつかの文字を形作っていく。

何らかの数値のようだけれど私には理解できず、ちらっとアイヴァンさんへ視線を向ける。

「――――」

水晶を見つめるアイヴァンさんの目は見開かれ、先程までの笑顔は消えていた。

何かおかしなことでもあったのだろうかと不安に思っていると、アイヴァンさんはハッと我に返った様子を見せ、取り上げるようにしてテーブルから水晶を持ち上げる。

そして部下の男性に水晶を渡すと私に向き直り、先程と変わらない笑みを浮かべた。

「以上になります。やはり聖女の力はあるようですが、魔力はあまり多くないようです」

「そうなんですね」

「はい、イチカ様とは比べ物になりません」

「なるほど……」

よく分からないものの、私も聖女で間違いはないらしい。

（……なんだか不思議な感じ。私は私のままなのに）

そして華恋は私と違い、強い聖女の力を持っているようだった。だからこそ、多少の我《わ》が儘《まま》も許されているのかもしれない。

「お疲れ様でした。お気を付けてお帰りください」

「はい、ありがとうございました」

二人に一礼し、部屋を後にする。

聖女は本当に貴重な存在だと聞いているし、もっと難しい調査を想像していたから、こんなにもあっさりと終わってなんだか意外だった。

(これで何かが変わるのかな？　あまり力はないみたいだけど)

そんなことを考えながら歩いていると、廊下の曲がり角で誰かとぶつかってしまう。

咄嗟《とっさ》に「すみません！」と謝罪の言葉を紡いで顔を上げると、見知った顔がそこにあった。

「ノア様」

「終わったのか」

「はい。でも、どうしてここに……？」

「聖女かどうか調べたんだろ」

そう言われて、昨日お見舞いに行った際、今日のことについて話したのを思い出す。

わざわざ結果を聞きに来てくれたのかな、なんて思いながら頷《うなず》く。

「しょぼい数値だったか」

「確かに魔力はあんまりないみたいで……聖女ではあるようですが、イチカとは比べ物にならないくらい魔力は少ないそうです」

先程聞いたままの結果を伝えると、ノア様は「そうか」と呟《つぶや》いた。

「ならいい」

そしてそれだけ言うと私に背を向け、あっという間に立ち去ってしまう。

「ならいい……？」

まるで私の魔力が少ない方がいいとでもいうような言葉に、疑問を抱く。

小さくなっていく後ろ姿を見つめながら、どういう意味だろうと首を傾《かし》げた。


ひとまず自室へ戻ろうと、再び廊下を歩き出す。

なるべく人気《ひとけ》のない道を歩いていき、その静けさにほっとしていた時だった。

「——だったのに——だわ、それなら——……」

ふと通りかかった部屋から聞こえてきたのは、間違いなく華恋の声で。思わずドアの前で足を止めると、ドアの隙間から華恋とセシルの姿が見えた。

「どうして？　もう結婚までに必要な婚約期間は過ぎたじゃない！」

華恋はかなり苛立《いらだ》った様子で、セシルに詰め寄っている。

王族は一年の婚約期間を設ける必要があるらしく、そのことを言っているのかもしれない。

「僕にはまだ、やるべきことがあるんだ」

「はっ、結婚したらできなくなるわけじゃないでしょう？」

「急ぐ必要だってないだろう」

二人の間のぴりぴりとした空気感が、こちらにまで伝わってくる。これまで何度か一緒にいる姿を見かけた際は、親しげに見えていたのに。

華恋はどこか焦った様子で、セシルの眼差しは冷ややかなものだった。

（とにかく、私が聞いていい話じゃないよね）

華恋を見かけて立ち止まってしまったものの、すぐにこの場を離れようとした時だった。

「少し前まで、そんなこと言っていなかったのに」

「………」

「あなたもあの子が――カレンがいいの？」

不意に聞こえてきたのはそんな言葉で、再び歩みを止める。

（えっ？　私……？）

なぜここで私が出てくるのか、そして「あなたも」という言葉の意味も分からない。

けれど俯《うつむ》いている華恋の声は弱々しくて切実なもので、戸惑いを隠せない。いつだって堂々としていて強気な華恋のそんな姿を、初めて見た。

セシルも両目を見開き、困惑しているようだった。

「少し落ち着いてくれ。僕とイチカが結婚することに変わりはないんだ」

やがてセシルは宥《なだ》めるように、華恋の肩に手を置く。

少しの後、顔を上げた華恋は悲しげで、傷付いた表情を浮かべていた。

「……違うとは言ってくれないのね」

そして肩に置かれていたセシルの手を、思い切り振り払う。

「イチカ、僕は――」

「もういいわ」

そう言った華恋の声音も顔付きもひどく冷たいもので、思わず息を呑《の》む。

華恋はそのままこちらへ向かってきて、立ち尽くしていた私は慌ててドアの陰に隠れた。

激しく音を立ててドアを閉めた華恋は私の存在に気付いていないらしく、カツカツと足音を響かせながら廊下を歩いていく。

（あ、危なかった……）

ほっと胸を撫《な》で下《お》ろした途端、力が抜けてドアにぶつかり、カタンと音が鳴ってしまう。

「誰かいるのか？」

「ご、ごめんなさい……聞くつもりはなかったんですが……」

我ながらベタなバレ方だと思いながら、そっとドアを開けて中にいるセシルに声をかける。

セシルもここにいたのが私だとは想像していなかったようで、驚いた顔をした後、微笑《ほほえ》んだ。

「分かっています、こちらこそすみません」

「いえ！　本当にごめんなさい、失礼します」

そうしてこの場を去ろうとしたところ、セシルに「待ってください」と引き止められた。

「部屋まで送ります。先日、あんなことがあったばかりですし」

「あ、ありがとうございます」

少しの気まずさを感じながらも、静かな廊下をセシルと並んで歩いていく。

既に日は落ちかけていて、窓からは橙《だいだいいろ》色の温かな光が差し込んでいる。

「今日は何をしていたんですか？」

「実はさっき、魔力の測定をしたんです。私にも聖女の力があったんですが、あまり魔力量は多くないみたいで……」

「そうだったんですね」

セシルはどこかほっとした様子で、先程ノア様にも同じ報告をした際、なぜか「ならいい」と言われたことを思い出す。

聖女の力は特別なはずなのに、まるで力が弱い方が良いように感じられる。

「私も聖女だと明らかになったことで、何か変わるんでしょうか？」

「聖女の力は貴重なので、仕事を頼まれることがあるかもしれません」

「仕事……」

セシルは申し訳なさそうな顔をしているけれど、実はただここで穀潰《ごくつぶ》しとして過ごしていることに対して、ずっと申し訳なさを抱いていた。

それに呪いも解くことができる聖女の力があれば、様々な人の助けになれるかもしれない。

「少しでもお役に立てるよう、頑張りますね！」

「……ありがとうございます」

ぐっと両手を握りしめて笑みを浮かべると、セシルも笑顔を返してくれる。

華恋ほどの力がないとしても、きっと私にできることだってあるはず。

「魔法の使い方って、誰かに教えてもらったりできるんですか？」

「はい。イチカも魔法師団長から数ヶ月ほど扱い方を習っていたので、君もそうなるかと」

「なるほど……！」

今後は魔法の勉強もできると思うと、少しワクワクしてしまう。幼いセシルからも魔法の存在は聞いていたし、そういったファンタジー要素に憧《あこが》れがないと言えば嘘になる。

そんな中、ふと窓の外に視線を向けると、王城内の端っこにある古びた塔が目に入った。

天辺《てっぺん》が円錐《えんすい》型になっている赤茶色の塔には青い苔《こけ》が生え、蔦《つた》が巻きついている。

「あれ、あの塔って……」

見た目も場所も、幼いセシルがよく話をしてくれていた場所と一致する。

セシルのお気に入りの場所で、塔に登って景色を眺めるのが好きだといつも言っていた。

《いつかイチカと一緒に、同じ景色を見られたらいいな》

そんな可愛《かわい》らしいセシルの言葉が脳裏に蘇《よみがえ》り、頬が緩む。

「あの塔がどうかしましたか？」

「あそこから見える夕焼けがすごく綺麗《きれい》なんですよね？」

だからこそ、懐かしんでしまった私はつい笑顔のまま、そう言ったのに。

「そうなんですか？　僕は行ったことがないので」

「──え」

セシルにはっきりとそう言われて、思わず固まってしまう。

そんな私を見て戸惑うセシルには嘘を吐《つ》いている様子もなく、事実なのだと悟る。

「カレン嬢?」

「あ、すみません!　少し考え事を、していて……」

慌てて誤魔化したけれど、心臓は嫌な音を立てるばかり。

それでもセシルにとっては十年以上前の話だし、今は「カレン」である私が深く尋ねることなんてできるはずがない。

(そもそも、あの塔じゃないのかもしれない。きっとそうだ)

自分に言い聞かせながらも、胸の奥の引っ掛かりはいつまでも消えないままだった。

◆幕間

カレン様が退室した後、部下であるローマンは魔力属性を測定する水晶を抱き抱えたまま、興奮した様子を見せた。

「こんなすごい数値、初めて見ました！　イチカ様とは比べ物にならないほど高――」

咄嗟に手のひらでローマンの口元を覆い「口を慎め」と低い声で告げる。

ローマンが慌てて口を噤《つぐ》み、静かに頷いたのを確認して手を離す。

「アイヴァン様、申し訳ありません……驚いてしまって、つい……」

「分かったならいい」

だが、肩を落とすローマンの気持ちも理解できる。

魔法師団に勤めて十年が経《た》つが、これほど膨大な魔力を持つ人間を私も初めて見た。

研究者として血が騒いでしまうのも、当然のことだろう。

（……だが、全てなかったことにしなければならない）

今回の目的はカレン様の正確な魔力の測定などではなく、彼女が「イチカ様に劣る聖女」であるという結果だけを残すためのものだ。

実際の測定結果など、何の意味も成さない。

私達はただ命じられた通り虚偽の数値を報告した末、書類を改ざんし、今しがた起きたことを記憶から消すだけ。

「絶対にこのことは他言するなよ」

念を押すようにもう一度、ローマンに警告する。

私だってこれ以上、優秀な部下を失いたくはなかった。

これまでも王妃様の命に背いた、数多《あまた》の人間の顛末《てんまつ》を見てきているのだから。

「――死にたくなければな」

◆第四章　聖女の力

ふわあ、と欠伸《あくび》をしながら寝室を出ると、今日もきらきらと輝く、愛らしくて朝日よりも眩《まぶ》しいニコラさんの姿があった。

「おはようございます、ニコラさん」

「はい、おはようございます。今日はカレン様のお好きなパンをご用意しました」

「やった、嬉《うれ》しいです」

軽く身支度をしていつものようにテーブルの前に座り、朝食をいただく。

一人きりの豪華な食事にも、いつの間にか慣れてしまった。

(……お父さんとお母さん、すごく心配してるよね)

二人はもちろん友人達や大学のことも気がかりではあるけれど、今の私にはどうすることもできない。

だからこそ今日も自分にできることをひとつひとつ、きちんとこなしていこうと思う。

「カレン様、お代わりはいかがですか？」

「…………」

「どうかされました？」

パンの入ったバスケットを持つニコラさんの整った小さな顔を見つめてしまっていると、ニコラさんは軽く首を傾《かし》げた。そんな仕草も可愛らしくて、きゅんとしてしまう。

「ニコラさんって、すっごく可愛いなと思って」

「ふふ、ありがとうございます。そう言っていただけて嬉しいです」

「絶対に男性からも人気ですよね」

いつだって可愛らしくて優しくて、私が異性だったなら恋に落ちていた自信がある。

そんな素直な気持ちを話すと、ニコラさんはくすりと笑った。

「いいえ、それに私には婚約者がいますから」

「えっ！　そうなんですか？」

ニコラさんにも婚約者がいるというのは初耳で、つい前のめりになってしまう。

話を聞いてみたところ、この国の貴族女性は社交デビューの十六歳頃に婚約を結ぶことも少なくないようで、ニコラさんもその頃に決まった相手なんだとか。

「どんな方なんですか？」

「幼馴染《おさななじみ》です。昔からよく一緒にいたので、とても気楽で助かっています」

少し照れたように話す愛らしい姿からは、相手のことを大切に思い、好意を抱いていることが伝わってくる。

素敵なニコラさんの想《おも》い人ともなれば、きっと素晴らしい人に違いない。

「ニコラさんさえ良ければ、もっと詳しく聞きたいです」

「カレン様に聞いていただくような大した話はありませんが……」

私自身は恋をしたことがないけれど、友人達の話を聞くのは昔から好きだったりする。

それからはニコラさんと婚約者の素敵なほっこりときめく話を聞きながら、幸せな気持ちで朝食の時間を過ごした。

その後、毎週ごっそりと届けられる素敵なドレスの一着に着替え、ニコラさんに綺麗に髪を結ってもらったところで、ノック音が部屋に響いた。

すぐにニコラさんが対応しに行ってくれて、何やら男性との話し声が聞こえてくる。

（何かあったのかな……？）

やがてぱたぱたと急ぎ足で戻ってきたニコラさんは、困惑した表情を浮かべていた。

「魔法師団の方々がカレン様にお話があるそうで、至急来ていただきたいとのことです」

「分かりました、すぐに向かいますね」

魔法師団が関係しているとなると、数日前に行った魔力の測定に関することだろうか。

ひとまず急ぎとのことで、そのまま部屋を出て前回と同じ指定された場所へと向かう。

「カレン嬢？」

その途中、背中越しに声をかけられて振り返った先には、セシルの姿があった。

淡いグリーンの正装を着こなしているセシルは今日も眩しくて、どこまでも完璧《かんぺき》な王子様だと思いながら歩みを止める。

首元や胸元では宝石が輝いており、普段よりも華やかな装いに目を奪われてしまう。

「おはようございます、どこかへ行かれるんですか？」

「はい、魔法師団の方が私に用事があるみたいなんです。セシル様もお出かけですか？」

「そうでしたか。僕はこれから公務で街中へ行ってきます」

「街中……」

私は王城の敷地内から出ないよう言われているため、王城のバルコニーから遠目でその様子をぼんやりと見たことがあるだけ。

セシルは第一王子としての大事な仕事だと分かっていても、外出を少しだけ羨《うらや》ましく思ってしまう。するとそんな私の心のうちを見透かしたのか、セシルは続けた。

「君さえ良ければ、今度一緒に行きませんか？　僕が案内しますので」

「いいんですか？」

「カレン嬢に外出を控えるようお願いしているのも安全面を考慮してのことなので、僕と一緒なら問題ないと思います」

貴重な異世界人――聖女が危険な目に遭わないよう勝手な外出を禁じているだけで、華恋も聖女としての仕事の際だけでなく、買い物なんかにも出かけているんだとか。

今日も華恋はセシルに同行をしつつ、セシルが仕事の間は街中でお茶をするらしい。

「ありがとうございます、ぜひお願いします！」

「はい、分かりました」

ずっと王城内だけで過ごすことにも息が詰まっていたため、つい目を輝かせて大きな声でそう言ってしまう。それを見たセシルがくすりと笑った。

少し恥ずかしくなってしまいながらも、わくわくした気持ちは抑えきれない。王城の外に出られさえすれば、もっと色々なことを調べられるかもしれないという期待もあった。

「分かりました。予定などはまた追って連絡します」

「楽しみにしていますね。よろしくお願いします」

「こちらこそ。引き止めてしまい申し訳ありません、ではまた」

笑顔で手を振って、王城の外へと向かうセシルを見送り、軽い足取りで再び歩みを進める。

（……セシルと何気なく顔を合わせて言葉を交わせるのも、なんだか不思議な感じ）

いつか会いたいねという話は鏡越しに幾度となくしていたけれど、心の中では実現するのは到底無理だと思っていたし、異世界に飛ばされる日が来るなんて想像すらしていなかった。

（セシルもお仕事を頑張っているし、私も頑張らないと）

気合を入れ直し、それはもう前向きな気持ちで到着先のドアを叩《たた》いた——けれど。


「か、川の浄化、ですか……？」

「はい。瘴気《しょうき》で穢《けが》れた川を聖女の力で浄化してほしい、という民からの訴えがありまして。イチカ様はお忙しくて都合が合わなかったので、カレン様にお願いしたく」

呼び出された先で、先日ぶりの第三魔法師団長であるアイヴァンさんに告げられたのは、なんと聖女としての仕事の依頼だった。

セシルから話は聞いていたけれど、こんなにもすぐだとは思っていなかった。

「私にできることならやりますが、まだ魔法の使い方も一切習っていなくて……」

「問題ありません。今回はノア様が同行してくださることになったので、その場で教えていただいてやってみてください」

「そ、その場で……!?」

絶句する私をよそに、アイヴァンさんは笑顔で淡々と話を続ける。

華恋は魔法師団長から数ヶ月かけて聖魔法の使い方を習ったと聞いているし、あまりにも雑な対応な気がしてならない。

せっかくの力を役立てたいとは思うけれど、もやもやとした感情が胸に広がっていく。

(そもそも華恋は今日、街中でお茶をするって聞いているのに)

とはいえ、華やかな場が好きな華恋が穢れた川になんて行きたがらないのも納得できる。

色々と言いたいことはあるものの、今この瞬間も困っている人々がいるのは事実で、私はスカートを握りしめてアイヴァンさんを見上げた。

「……分かりました。やれるだけのことはやってみます」

それに誰かが教えてくれなくても、出発まで本を借りて多少の勉強をしたりはできるはず。

今の私は穢れの原因である瘴気が何なのかすら、よく分かっていないのだから。

「ありがとうございます。カレン様の聖女服はそちらに用意してありますので、着替えた後は王城の門の前に停まっている馬車に乗ってください」

「………………?」

「ノア様にも先程お伝えしたので、既に向かわれているかと」

アイヴァンさんはテーブルの上に置かれた白地に金の刺繍《ししゅう》がされた服を指差したものの、言葉の意味がさっぱり理解できず、固まってしまう。

「カレン様?」

「……も、もしかして、今からですか?」

「はい。今すぐに出発してください」

「…………」

当然のようにそう言ってのけられ、私はもう反論する気力すら失っていた。華恋と私には明らかな扱いの差があって、きっと何を言っても無駄だと悟ったからだ。

「失礼します……」

仕方なくとぼとぼと聖女服だというワンピースとローブを手に取り、部屋を後にする。

その後は自室に戻って着替え、急ぎ王城の前に停まっているという馬車へ向かう。

「遅い」

「……すみません」

馬車の中には既に、ラフなシャツとパンツ姿、ベージュのジャケットを肩に羽織ったノア様の姿があった。

顔を合わせた瞬間の表情と一言で、その機嫌は非常に良くないことが窺《うかが》える。

さらに気が重くなるのを感じながら、喉元《のどもと》まで出かけた「私のせいじゃない」という言葉を飲み込んで、謝罪の言葉を紡いだ。

すぐに馬車は発車し、五時間ほどかかる王都の外れのセルジ村という場所へ向かうという。

本来なら数日かかるものの、国内の要所に置かれているゲートと呼ばれる転移魔法陣を使って移動することで、時間の短縮ができるそうだ。

まずは王都の真ん中にあるというゲートまで、三十分ほど馬車に揺られることになる。

「――それで、どうしてこうなるんだよ」

「こっちが聞きたいです……」

頬杖《ほおづえ》をつき、苛立《いらだ》った様子のノア様も本当につい先程知らされたらしい。婚約者という立場だからといって、王子様の立場でこんな仕事に付き合わされるのは正直意外だった。

「お前が半端な聖女だったせいで、俺までこんな雑用を……」

「……その半端な私の力で助かったくせに」

チッと舌打ちをされ、巻き込まれた側である私も流石《さすが》にむっとしてしまう。

つい小声で言い返すとノア様は形の良い眉《まゆ》を寄せ、私へと視線を向けた。

「は？　お前が勝手に助けたんだろ。俺は頼んでない」

「そうですか。今度からはもう助けません」

「勝手にしろ」

ふんとお互いに顔を背けた後、溜《た》め息《いき》を吐《つ》く。

（形だけとはいえ、このままノア様と結婚なんて絶対に嫌だし、こっちもなんとかしなきゃ）

今朝ニコラさんに婚約者とのほっこりとした話を聞いたばかりなせいか、余計にこの関係が虚しくなった。やるべきことはまだまだ山積みだと、改めて実感する。

気分を変えようと窓の外へ視線を向けた途端、思わず「わあ……」という声が漏れた。

建物や風景、歩いている人も何もかも、私が暮らしていた世界とは全く違う。

まるで中世のヨーロッパのような美しい光景に、じっと見入ってしまう。

(私が今いる世界って、こんなに綺麗《きれい》だったんだ……)

――私はきっと心のどこかで、家族と引き離され、望まない形で飛ばされてきたこの世界を恨めしく思っていたのだと思う。

この世界に馴染《なじ》んでしまったら、好きになってしまったら、元の世界で心配しているであろう人達を裏切ってしまうような気がしていた。

けれどそれは誰のためにもならないということも、本当は分かっている。

『カレン嬢にもこの世界、この国を好きになっていただけたら嬉《うれ》しいです』

この世界に来てすぐ、セシルに言われたそんな言葉を思い出す。

帰りたい気持ちに変わりはないけれど、私がここに来たのも何かの縁のはず。セシルやニコラさんといった素敵な人達に出会えたことも、大切にしたい。

(この世界にいる間は、そう思えるようになりたいな)

窓の外に流れていく美しい景色を眺めながら、元の世界に帰るため、ここで生き抜くためだけではなく、この世界について純粋にもっと知りたいと思い始めていた。

「はっ、お子様だな」

「…………」

けれどそんな気持ちもノア様に鼻で笑われ、水を差されたことで一瞬で台無しにされる。

「でも、あんな事件があったばかりなのに、外に出て大丈夫なんですか？」

パーティで私達に呪いをかけようとした犯人の死体は発見されたものの、それを依頼した可能性のある人間はまだ特定されていない。

今回だってデリックさんや王国騎士団の護衛は複数ついているけれど、こんなにもあっさり外に出されることに対しても、不安や戸惑いを覚えていた。

「……俺は元々、そういう扱いだからな」

ノア様はぽつりとそう呟《つぶや》き、呆《あき》れたような、自嘲《じちょう》するような笑みを浮かべる。

どういう意味だろうと首を傾《かし》げていると、ノア様は「とにかく」と続けた。

「俺は手伝わないからな。さっさと終わらせろよ」

「ちょっ……」

アイヴァンさんから聞いていた話と違いすぎて、ぎょっとしてしまう。

魔法についてさっぱり分からない以上、ノア様に教えてもらうしかないというのに。

「じゃあ私は『ノア様がサボって教えてくれなかったので何もできませんでした』って正直に報告しますから！」

いつまでも黙っていられないと、睨《にら》み返す。

するとノア様は頬杖をついたまま、片側の口角を上げた。

「それなら教えてくださいって、少しは可愛《かわい》らしく頼んでみろよ」

「なっ……」

どこまでも偉そうな態度と無茶振りに、言葉を失う。

このままでは本当に教えてもらえず、困っている人達を助けることができないかもしれない。

(どうして私がこんなことを……)

けれどもう仕方ないと腹を決め、きゅっと両手を組んで自身の頬の辺りに添えた。

「ノ、ノア様、私に魔法を教えてください」

必死に羞恥心《しゅうちしん》を押さえつけて笑顔を作り、媚《こ》びるようにお願いをする。

すると真顔のまま私を見つめていたノア様は「は」と呆れた声を出す。

「それのどこが可愛いんだ。無理」

その上、そう即答された私は恥ずかしさと怒りでいたたまれなくなり、両手で顔を覆った。

(こ、この……本当に腹立つ！)

どこまでも嫌な奴《やつ》だと思いながら、指の隙間からちらりとノア様の様子を窺う。

するとふっと頬を緩めているノア様はどこか楽しげで、完全に遊ばれているのだと察した。

(絶対にこの仕事、完遂してやるんだから……！)

心の中で悔し涙を流しながらも、私はきつく片手を握りしめ、そう固く決意したのだった。

◇◇◇

慣れない乗り心地にお尻《しり》が痛くなってきた頃、馬車はガタンと音を立てて停まった。

どうやらセルジ村に到着したらしく、ぐっと両腕を伸ばした後、立ち上がる。

「ん」

そうして降りようとしたところで、先に降車していたノア様が手を差し出してくれた。

最低限のマナーだと分かっていても落ち着かない気持ちになりながら、大きな手を取り、そろりと馬車から降りる。

「可愛らしい村ですね」

「……そうか？」

のどかな自然の中に赤や青の屋根の可愛らしい四角い家屋が並んでおり、子どもの頃によく遊んだドールハウスみたいだという感想を抱く。

外には馬で移動していたデリックさんや護衛の騎士達、そして大勢の村人の姿もあって、私は慌ててしゃんと背を伸ばした。

「まさかこんな村に第二王子殿下や聖女様が来てくださるとは……心から感謝いたします」

セルジ村の村長だと名乗った白髪の男性は、深々と頭を下げる。

すぐに顔を上げるよう言い「頑張ります！」と宣言すると、まるで神にでも感謝するように両手を握られ、何度もお礼を言われた。

その様子からは本当に困っているのが窺えて、責任重大だと心臓の辺りが重たくなる。

「それで、穢《けが》れた川というのは……」

「こちらです」

ノア様や護衛の人々と共に、案内をしてくれる村長さんの後をついていく。

やがて村の中心を抜け、目に飛び込んできた光景を見た私は、絶句してしまった。

(う、嘘でしょ……)

村の奥に流れる大きな川は、見渡す限り黒だった。

川の底まで黒く澱《よど》み、どろりとした水で満たされている様子は明らかに異常で、原因である瘴気《しょうき》の気配なのか、呼吸をするのも躊躇《ためら》うほど嫌な感覚がする。

「一ヶ月ほど前からこの有様で……このままではこの村で暮らせなくなってしまいます」

こんな水を口にすれば、間違いなく命に関わるだろう。

辺りの植物にも影響が出ているようで、川辺では黒ずみ枯れた草木が首を垂《こうべ》らしていた。

(これを私がどうにかするの……?)

想像していたよりもずっと悲惨な惨状を目の当たりにし、聖女としての魔力も多くなく、魔法について学んだこともない私が対処できるのかと、不安が込み上げてくる。

「おい、何ぼけっとしてるんだ。行くぞ」

「えっ？　あ、はい！」

そんな中、普段と変わらないノア様に声をかけられ、村長さん達に一礼した後、歩き出したノア様の後を慌てて追いかける。

「…………」

ノア様はじっと観察するように川辺を見つめながら、ゆっくりと歩いていく。

その少し後ろを歩きながら、私も水の中を観察する。

（あれ、何かいる……？）

すると不意に、川底を何かがすっと通り抜けていくのが見えた。ノア様も同じものを目にしたらしく、途端にぴたりと足を止める。

「こんな穢れた水の中でも、魚は生きていけるものなんですか？」

「……なるほどな」

私の問いに対して噛《か》み合わない返事をしたノア様は、再びすたすたと歩き出す。

やがて川沿いの日陰になっている大きな木の下で足を止めると、その場にしゃがみ込んだ。

「お前も座れ」

手招きをされ、川と向かい合うようにしてノア様の隣に私もしゃがむ。

ノア様は川へ視線を向けたまま、薄い唇を開いた。

「いいか、魔法はとにかくイメージが大事だ」

「は、はい」

「魔力を流しながら、元のあるべき状態を想像する」

突然で少し戸惑ってしまったものの、浄化する方法を教えてくれているのだと気が付く。

（……あんな風に言ってたのに、ちゃんと教えてくれるんだ）

心の中で見直しながら、ノア様の整いすぎた横顔を見上げ、次の言葉を待つ。

「とにかく広範囲に広げるよう意識しろ」

「川に魔力を流すには、どうすればいいんですか？」

「この場合は水流を意識しながら、魔力を水の中に広げていくだけでいい」

「なるほど」

魔力測定でも言われた通りイメージするだけで水晶に魔力を込めることができたし、あまり難しく考える必要はないのかもしれない。

「ひとまず水の中に手を入れてやってみろ」

「分かりました！」

こくりと頷《うなず》いて両袖《りょうそで》を捲《まく》り上《あ》げ、ざぶんと勢いよく水の中に手を入れる。

すごく冷たくて、ぬめるような水の感触に鳥肌が立つ。

それでもさらに深く奥へ両手を差し入れると、隣で様子を見ていたノア様が目を丸くしたのが分かった。

「何か間違えていますか？」

「……別に。少し意外だっただけだ」

何のことだろうと思いながらも、再び川に向き直って目を閉じる。

（魔力を水に広げて、元の綺麗な川に戻るようにイメージ……）

元の澄んだ川の様子を想像しながら、村の人々が元の暮らしに戻れるよう強く祈る。

すると冷たい水で凍えていた手のひらが、じんわりと温かくなっていく。

ゆっくり目を開けると、両手からは聖女特有のものだという青白い光が出ていて、辺りの水もその輝きによって照らされていた。

「へえ、悪くないな」

「本当ですか？　良かった」

きちんと魔法は使えているらしく、まずは第一歩だと安堵《あんど》する。

地面に膝《ひざ》をついていたノア様は手で膝についた土を軽く払い、立ち上がった。

「じゃ、後はそれをずっとやってろ」

「ずっと⁉」

つらっとそう言ってのけたノア様は、困惑する私をよそに木の真下へと移動する。

「俺は寝る。今はまだできることもないしな」

そして太い木の幹に背を預けて腰を下ろすと、ふわあと欠伸《あくび》をして腕を組む。

どうやら本当に眠る気らしく、そのまま目を閉じて黙り込んでしまう。

（……確かに、そうかもしれないけど）

どこまでも自由でマイペースな姿に溜《た》め息《いき》をひとつ吐《つ》き、私は再び川に向き直った。

それから、どれくらい時間が経《た》っただろう。

私はひたすら川の水に魔力を流し、浄化を続けていた。

「…………」

辺りはとても静かで、聞こえてくるのは草木が風に揺れる音と鳥の囀《さえず》りだけ。時折優しい風に頬を撫《な》でられ、心が凪《な》いでいく気がする。

（こうしてぼんやりするのも、すごく久しぶりかも）

水面《みなも》にうっすら映る自分の姿を見つめながら、慌ただしかったこれまでの日々を思い返す。

セシルとの邂逅《かいこう》、突然の婚約からのパーティに向けた猛勉強、そして命を狙われ、聖女の力に目覚めたことまで。一ヶ月弱の出来事とは思えないくらい、濃い日常を送っている。

そんな中でふと思い出したのは、ひどく冷たい目をした華恋の姿だった。

「……華恋、どうして変わっちゃったんだろう」

ずっと姉である華恋のことを慕っていて、仲の良い姉妹だと思っていたのに。

──私の知る華恋はプライドが高くて少し我《わ》が儘《まま》で不器用だけど、優しいところだってある美人で自慢のお姉ちゃんだった。

（妹の私には甘いところもあって、家族想《おも》いだったのに……）

目を閉じれば、元の世界での思い出が蘇《よみがえ》ってくる。

私が受験で夜遅くまで勉強していた時、華恋が夜食としておにぎりと味噌汁《みそしる》を私の部屋まで持ってきてくれたことがあった。

いつものようにお母さんが作ってくれたと思ったけれど、少し歪《いびつ》なおにぎりの形を見て『もしかして』と顔を上げた。

『これ、華恋が作ってくれたの？』

『見た目は悪いし、味噌汁はインスタントだけどね』

『料理なんて面倒で嫌いだって、いつも言ってたのに？』

机にお盆を置こうとしてくれている華恋に、冗談めかしてそう言ってみる。

華恋は手が汚れる、時間がかかる、洗い物なんて特に最悪だとよく口にしていたからだ。

そのたびにお母さんに「そんなんじゃ将来どうするの」と言われ、華恋は「私が家事をする必要がないくらいのお金持ちに嫁ぐから問題ない」なんて返していた。

『嫌だったら別に食べなくてもいいから』

すると華恋はむっとしながらお盆を取り上げようとするものだから、慌てて『うそうそ！　ごめんね』と謝り、なんとか確保した。

『すっごく嬉《うれ》しい！　お腹空《なかす》いてたの、ありがとう』

華恋が慣れない料理と格闘しながらも、私のためにこうして用意してくれたのが何よりも嬉しくて、笑みがこぼれる。

眠気も疲れも吹っ飛んじゃったと話すと、華恋もふっと笑ってくれた。

『そう、あまり無理しないようにね』

そんな過去を思い出し、胸が痛いくらいに締めつけられる。毎日話をしていたのに、今では顔を見ることとさえ難しいなんて。

（……私が本物の一花だって話したら、どうなるんだろう）

華恋にも話していない過去の思い出を伝えれば、セシルは信じてくれるかもしれない。

けれどそうしたら、華恋とセシルの関係は悪くなってしまうはず。

勝手な行動に腹は立っているけれど、華恋にも事情があるかもしれないし、華恋に嫌な思いをしてほしいわけでもない。

『あなたもあの子が――カレンがいいの？』

先日、セシルと話をしていた時の様子も気がかりだった。

それに本当のことを話したところで、今の私の扱いが変わることもない。

この世界の人々は強い聖属性魔法を扱える「救国の聖女」である華恋を求めていて、本当の名前なんて些細《ささい》なことに過ぎないのだから。

「……まずはちゃんと、話をしたいのにな」

本日何度目か分からない溜め息を吐いてしまい、このままでは幸せが逃げてしまうと慌てて深呼吸をして、川の浄化に集中することにしたのだった。

◇◇◇

いつの間にか夕暮れ時になっていて、遠くに見える山々も鮮やかな茜色《あかねいろ》に染まっている。

そんな光景を綺麗《きれい》だなと思いながら眺めていると、後ろから「おい」と声をかけられた。

「お前、そんなに魔力を使って疲れないのか」

「あ、はい。全然平気です」

ずっと静かだったノア様も起きたらしく、木に体重を預けたままこちらを見ている。

ほんの少しだけ魔力が減ったような感覚はあるけれど、まだまだ続けられそうなくらい平気だし、川の様子も変わっていない気がする。

（何か間違っていて、実はほとんど魔法が使えていなかったりしたら……）

本当に大丈夫だろうかと不安になっていると、不意に側《そば》へやってきたノア様は、私の後ろから川の中にそっと手を差し入れた。

「順調だな。明日も続けるぞ」

「えっ？」

私にはよく分からなかったものの、どうやらこれで合っているらしい。

セシルもニコラさんもノア様のことを優秀だと言っていたし、きっと大丈夫だと信じたい。

「帰るのも面倒だから、今日はこの村に泊まる」

「ええっ」

泊まりなんて聞いておらず、何の準備もしていないのに。

ひとまず川の水から手を引き抜き、私を置いて村の方へ歩いていくノア様を慌てて追いかけた。


村の人々は私達が泊まるのを快諾してくれて、夜には宴会を開いてくれた。

そして今は温かくて美味《おい》しい食事をいただきながら、村の人達によるセルジ村の伝統的な歌や踊りを楽しんでいる。賑《にぎ》やかで明るくて温かくて、ついつい笑顔になってしまう。

「ノア様、全然飲んでいないですね」

「……デリックが飲みすぎなんだ」

「一緒に飲みに出掛けてもいつも早々に帰ってしまうの、寂しいんですよ」

「勝手に言ってろ」

近くの席ではノア様やデリックさん、騎士の人々もお酒を手に和気藹々《わきあいあい》としている。

普段の仕事姿とは違って、みんな素の様子が見えて新鮮だった。

そんな姿を眺めながらパンを齧《かじ》っていると、デリックさんとぱちっと目が合う。直後、デリックさんは子どもみたいな笑みを浮かべ、こちらへグラスを差し出した。

「カレン様、今日はお疲れ様でした！」

「ありがとうございます、デリックさんもお疲れ様です」

私は果実のジュースの入ったグラスで乾杯し、笑顔を返す。

既に酔っているのか、その顔はほんのりと赤い。

「聖女服もとてもよくお似合いですね！　とノア様が」

「言ってない」

「ノア様って酒に酔うと、素直で可愛《かわい》いんですよ」

「黙れ」

陽気なデリックさんと冷静なノア様のやりとりがおかしくて、つい「ふふ」と笑ってしまう。

デリックさんはノア様にお酒を勧め続けていて、ノア様もなんだかんだ拒否することもなく、本当に仲が良いのが見て取れる。

村の人達はみんな優しくて気さくで、女性一人の私にもこまめに話しかけてくれていた。

「聖女様、お料理はお口に合いますか？　こんなものしかお出しできず……」

「いえ、とっても美味しいです！　ありがとうございます。特にこのスープが好きで」

「それは良かったです。この辺りで採れた野菜を使っているんです」

川が一ヶ月もあの状態ではきっと余裕なんてないはずなのに、私達を精一杯もてなそうとしてくれていることに、どうしようもなく胸を打たれる。

そんな中、赤いワンピースがよく似合う、小さな女の子が側にやってきた。

「せいじょさま、これどうぞ！」

そう言って女の子が差し出してくれたのは、可愛らしい小さな花束で。私のために小さな手で摘んできてくれたのだと思うと、込み上げてくるものがあった。

「ありがとう。すごく綺麗だね」

「へへ」

受け取ってお礼を伝えると、女の子は照れくさそうにニコッと笑って去っていく。

その愛らしい後ろ姿を見つめながら、この村で暮らす人々のためにも川の穢《けが》れを絶対になんとかしたいと、改めて強く強く思った。


やがて夜も更けてきて、少し外の空気を吸おうと宴《うたげ》をそっと抜け出して外へ出た。

適当に休める場所を探し、近くにあった木の根元に腰を下ろして背を預ける。

（……なんだか、色々なことがあった一日だったな）

ひとり目を閉じてそんなことを考えながら、ふうと息を吐いた時だった。

「なんだ、お前も出てきたのか」

「わっ！」

突然ノア様の声がすぐ後ろから聞こえてきて、慌てて跳び上がる。

なんと私がもたれかかった木の下で、ノア様が先に休んでいたらしい。外灯もなく薄暗いせいで全く気付かず、ばくばくと早鐘を打つ心臓の辺りを押さえる。

「すみません、わざとではなく……」

「別に」

他の場所に行けと言われることもなかったため、私はそのまま膝を抱えた。

側に座りながらお互いに無言なのもなんだか気まずくて、恐る恐る声をかけてみる。

「その、結構お酒を飲まれてましたよね」

「……デリックの奴《やつ》、酒癖悪いんだよ」

するとノア様は溜め息を吐き、呆《あき》れたように肩を竦《すく》めた。

デリックさんは一緒に飲むと朝まで付き合わせようとするらしく、ノア様は「あいつは体力があり余ってるんだ」なんて言っている。

「ノア様はお酒、お強いんですか？」

「さほど強くはない。あまり飲まないようにしてる」

「なるほど」

いつも仏頂面のノア様がお酒に酔って陽気になっている姿は、正直見てみたい。

「お前は飲まなかったのか？」

「はい。私のいた世界では二十《はた》歳《ち》に満たないとお酒を飲めないので、抵抗があって……」

この世界では十六歳から飲酒が許可されているものの、決まりを破ったところで罪に問われることもないんだとか。

そのため守っている人はほとんどいない、なんて話を先程聞いたばかりだった。

やがてノア様は長い片足を折り、静かに長い睫《まつ》毛《げ》を伏せた。

「お前がいた世界の話、何かしてくれ」

「えっ？　どんな話がいいですか」

「何でもいい」

ノア様がそんなことを言うのは意外で、驚いてしまう。

(もしかして、異世界に興味があるのかな?)

図書館には私のいた世界に関する文献がたくさんあったし、時折貸し出されていることもあったため、興味がある人は少なくないのかもしれない。

けれど急に何かを話せ、何でもいいと言われると逆に難しい。とりあえず、私の好きなものや趣味の話をしてみることにした。

「——なので、私もスマホという機械でよく文章のやりとりをしていたんです。共通の趣味を持つ遠くの人達と遅くまで語り合ったりとか」

「それは見知らぬ人間なのか?」

「はい。顔も本当の名前も知らない友達もたくさんいましたよ。それでも何年も仲良くできてしまうから不思議ですよね」

私もよくSNSを使っていたし、趣味を通して知り合ったネット上の友人達とも夜通し語り合ったこともある。

「……そうだな」

そんな話をすると、ノア様はふっと口角を上げた。

「その、イチカと交流していたセシル様からは聞いたりしなかったんですか?」

「まあな。王妃が俺を毛嫌いしているから、セシルと関わると面倒なんだ。お前もあの女には気を付けた方がいい、セシルを王にするためなら手段を選ばないからな」

「……そう、なんですね」

ノア様の表情はひどく真剣なもので、まだ見ぬ王妃様への恐怖心が募っていく。

幼い頃、セシルはいつも泣いていたけれど、王妃様とのことも関係しているのかもしれない。

「でも、ノア様は王位継承権に興味がないって聞きました」

「第二王子として少しでも可能性がある以上、潰《つぶ》しておきたいんだろう」

兄弟といえども母親が違い、次期国王の座を争う立場にある二人が普通の兄弟のように仲良くするのは、きっと難しいに違いない。

それでもこれまでの様子を見る限り、セシルもノア様もお互いがお互いを認め、大切に思っているように感じられて、やるせない気持ちになった。

「俺はそもそも王になる気なんてないのに、面倒で仕方ない」

「どうしてなんですか？」

「セシルで問題ないしな」

ノア様は「それに」と続けた。

「……好きな女が、王妃になりたくないと言っていたから」

これまで聞いたことのない、優しくてどこか切ない声音に思わず息を呑《の》む。

その横顔にも誰かを大切に思う気持ちが溢《あふ》れていて、本当なのだと思い知らされていた。

（えっ？　えっ、意外すぎる……）

てっきり女性に興味がないと思っていたし、いつも俺様で偉そうな態度でありながら、好きな人の言うことを素直に聞いてしまうところにも驚きを隠せない。

(どんな人なんだろう？　過去にも婚約者はいなかったみたいだし、ノア様の片想《かたおも》い……？)

色々と考えてしまっては、そのギャップについつい頬が緩んでしまう。

そんな私を見て、ノア様は眉根《まゆね》を寄せた。

「なに笑ってるんだ」

「いえ、可愛い理由だなと思って」

「…………」

素直な感想を口に出すと、ノア様はバツの悪そうな顔をして、くしゃりと前髪を掴《つか》む。

そして長く息を吐き、立ち上がった。

「酒のせいで喋《しゃべ》りすぎた。お前もさっさと休め」

「あ、はい」

「明日も朝から働くんだからな」

ノア様はこちらを振り返ることなく、片手を振って村の中心へと向かっていく。

その姿をぼんやりと見送った後、一人残された私はぼすっと草の地面に寝転んだ。

(……ノア様の好きな人、かあ)

あまりにも意外すぎたせいか、現実味がなくてぼうっとしてしまう。

きっとノア様は相手に私との婚約を知られるだけでも、嫌な思いをしているはず。

どんな事情があるのかは分からないけれど、やはりお互いに望まない婚約など、早急に解消すべきだろう。

（まずは明日も頑張らなきゃ）

聖女としての功績が認められれば、私の発言力だって多少は増すかもしれない。

改めて気合を入れ直し、握りしめた拳《こぶし》を輝く星空に向かって突き出したのだった。

◇◇◇

翌朝、すっきり目が覚めた私は美味しい朝食をいただき、穢れた川へとやってきていた。

昨日と変化があるようには見えないけれど、きっと何か変わっているはず。

「よーし、やるぞ！」

昨日と同じ場所でざぶんと水の中に手を入れ、同じ感覚で魔力を流していく。

ノア様も昨日と同じ場所に座り、ふわあと欠伸《あくび》をしていた。

「…………」

「…………」

「…………」

「…………」

それから、五時間ほどが経《た》っただろうか。

私がひたすら浄化をしている間、ノア様は木の下で寝転がって昼寝をしたり、本を読んだりとひたすらくつろいでいた。

（本当にこれで合ってるの……？　ノア様はずっとあの調子だし）

川の水もほんの少しだけ黒ずみが薄くなった気がするだけで、変化はほとんどない。

不安や焦燥感が募り、このままで良いのかとノア様に尋ねようとした時だった。

「えっ……？」

川の奥から何か大きな影がこちらへ近づいてくるのが見えて、慌てて手を引き抜く。

影はだんだんと濃くなり、川辺へと迫ってくる。

「な、なんで……」

揺れる水面《みなも》からは言いようのない嫌な感覚がして、数歩後ずさった。大きさからしても、どう見たって魚なんかじゃない。

思わず自分の身体《からだ》を抱きしめると、後ろから欠伸をしながらノア様がこちらへやってくる。

「ようやくお出ましか」

そしてまるでこのことを予測していたかのように川へ視線を向けた瞬間、ざばっと勢いよく水《みず》飛沫《しぶき》が上がり、何かが水の中から飛び出してきた。

「なに、これ……」

上半身は人間に似たフォルムだけれど、長い髪の隙間から見える本来は耳があるべき位置からは、黒いヒレのようなものが生えている。

白目のない目の奥は空洞のように真っ暗で、肌も赤黒く、鋭利な歯が並ぶ口の端からは長い牙《きば》が飛び出していた。

何より下半身は人魚みたいに尾鰭《おひれ》が生えており、尻尾《しっぽ》は尖《とが》った無数の黒い棘《とげ》に覆われている。

見たことのない不気味な姿形に、ぞわりと全身に鳥肌が立った。

「どこからどう見たって魔物だろ。ああ、お前は初めて見るのか」

「これが、魔物……」

この世界に来た当初から魔物が存在するというのは聞いていたけれど、実際に目の当たりにするとその恐ろしさ、禍々しさに足が竦《すく》む。

「う、うそ……こんなに……！」

その上、川の中からは一体だけでなく、全く同じ魔物が這《は》い出《で》てくる。

その数は十や二十ではなく、おぞましい光景に呼吸することさえ躊躇《ためら》われた。

「瘴気《しょうき》の原因はこいつらだ。雑魚《ざこ》だが水中にある巣から引きずり出すのが面倒でな」

「……っ」

「浄化魔法に耐えきれず、自ら出てくるのを待つ必要があった」

これほどの数の魔物を前にしても、隣に立つノア様に一切動じる様子はない。淡々と話す彼の言葉を聞きながら、これまでの全てに意味があったのだと納得する。

（ていうか雑魚って……全然そうは見えないんだけど……⁉）

それぞれが私の身体の倍くらいの大きさで、鋭利な牙や爪、尾の棘で攻撃されれば、きっとひとたまりもない。

どうすればいいんだろうと両手をきつく握りしめた途端、視界がぶれる。

「わっ……⁉」

ふわりと身体が浮き、ノア様によって片腕で軽々と持ち上げられていた。

驚いて顔を上げるのと同時に、視界の端から何かが飛んでくる。反射できつく両目を閉じたものの、パキッという弾《はじ》く音がするだけで、痛みや衝撃がくることはない。

「ぼうっとするな」

そろりと目を開けると、ノア様が私を抱えていない方の手で氷の盾を作り、魔物の攻撃から守ってくれていたようだった。

「あ、ありが――」

「ノア様！」

地面にそっと降ろされ、掠《かす》れた声でお礼の言葉を紡ごうとしたものの、こちらへと駆けてきたデリックさんの声と重なる。

その後ろには、今回同行していた大勢の騎士達の姿もあった。

「魔物の気配がすると思えばこんなに……加勢します！」

「ああ」

剣を抜いて戦い始める騎士達を一瞥《いちべつ》した後、私の隣でノア様は再び右手をかざす。

すると手のひらの前に大きな氷の塊が無数に現れ、ノア様が手を握りしめると同時に、それらは全て矢のように辺り一帯の魔物へ降り注いだ。

その全てが魔物に命中し「ギュイ！」「ギッ！」という断末魔の声が響き渡る。

「す、すごい……！」

攻撃魔法を初めて見た私でも、ノア様の魔法が優れていることは一目で分かった。

（これなら本当にこの場にいる全ての魔物を倒せるかも……）

そんな期待を抱く中、一体だけ頭以外を凍らされたまま生きていることに気付く。

「ギッ！」

倒しそびれたにしては器用に固定されていて、不思議に思っていた時だった。

なぜかノア様はひょいと私を荷物のように抱え、魔物と戦っている騎士達の合間を縫い、氷漬けにされている魔物の方へと向かっていく。

「あ、あの！　待ってください」

「舌を噛《か》むぞ」

「…………」

戸惑う私をよそにすたすたとノア様は歩いていき、魔物の前で私を降ろした。

「あとはお前がやってみろ」

「えっ!?　どうして……ノア様なら簡単に倒せるんじゃ……」

「魔物の浄化も聖女の仕事のうちだからな」

ノア様はそう言うと、魔物を前に身体を強張らせる私の背中をとんと押した。

「それにお前も自分の身を守れるくらい、力を扱えるようになった方がいい。今回は俺がいるが、次は一人で任されるかもしれないしな」

「……え」

「安心しろ、フォローはしてやる」

振り返った先のノア様は、まっすぐに私を見つめている。

(――私の、ため？)

きっとノア様なら、一瞬で倒せてしまうはず。それなのにこうして逃げないよう、攻撃できない状態にしてお膳《ぜん》立《だ》てした上で、私に魔法を教えてくれようとしている。

いつだって気怠《けだる》げで、面倒で仕方ないという顔をしていたのに。

「……分かりました」

私は真剣な表情で頷《うなず》くと、魔物に向き直った。

まだまだ怖い気持ちはあるけれど、ノア様の厚意を無駄にはしたくない。

「どうすればいいですか」

「手をかざして、水の応用で空気中に魔力を広げろ。後は魔物を浄化するイメージをすればいい」

ノア様は私の真後ろに立ち、同じ目線で魔物を見つめた。

「ギュオオオ！」

ふわりと甘い香りがして、耳元で声がする。

「……っ」

魔法を使おうとした途端、危険を察したのか魔物が威嚇するように牙を剥《む》く。

動けないと分かっていても恐ろしくて、びくりと身体が跳ね、一歩後ずさってしまう。

けれどそんな私を支えるように、ノア様がぐっと肩を押さえてくれた。

「今だ」

その言葉が耳に届くのと同時に、全力で魔力を放つ。

（お願い、消えて――！）

両手からは青白く眩《まばゆ》い光が溢《あふ》れ出《だ》し、魔物の身体を包んでいく。

そして溶けるように魔物は消えていき、やがて魔物を包んでいた氷だけが残った。呆然《ぼうぜん》としてしまいながら、パラパラと崩れていく氷を見つめる。

「た、倒せた……？」

「まあ、初めてにしては上出来か」

ノア様の一言で、本当に私が倒せたのだと実感した。

もちろんあんな状態では、自力だなんてとても言えないと分かっている。それでも、この経験は私にとって大きな自信になった気がした。

「あ、ありがとうございます……！」

「まだまだ無駄だらけだけどな」

ノア様は鼻で笑いながら、別の方向からやってきた魔物を軽々と倒してみせる。

（やっぱり、結構優しい……？）

今だって「気を抜くなよ」と私を庇《かば》うように立ち、守ってくれているようだった。

「くっ……!」

そう思うのと同時に少し離れた場所で、一人の騎士が魔物との戦闘に苦戦しているのが見えた。

必死に剣で攻撃を押し返そうとしている最中、背後からもう一体の魔物が近づき、棘だらけの尾を鞭《むち》のようにしならせる。

騎士はその存在に気付いていないらしく、このままでは直撃してしまう。

「危ない!」

下手《へた》をすれば即死だと咄嗟《とっさ》に手を伸ばした途端、私の手のひらからは先程とは比べ物にならないほど、強く眩《まぶ》しい光が溢れ出した。

光は私を中心にどんどん広がっていき、やがて視界全てを包み込む。

辺りにいた騎士やデリックさん、そしてノア様も目を見開き、私を見ている。

「……うそ」

そして光が収まった時にはもう、この場にいた全ての魔物が消え去っていた。

あれほどたくさんいたはずの魔物は跡形もなく消えており、私だけでなくこの場にいた全ての人が驚きを隠せない様子のまま、私へと視線を向けている。

(今の全部、私がやったの……?)

私自身も今しがたの出来事が信じられず、両手をかざしたまま、立ち尽くしてしまう。

けれどやがてわっと騎士達が沸いたことで、我に返った。

「す、すごい……」

「これが聖女様の力なのか……！」

口々に私を褒めるような言葉が聞こえてくるけれど、私はそれでもまだ実感が湧かず、隣に立つノア様へ視線を向けた。

「せ、聖女の力ってすごいんですね……」

そしてどこか他人事《ひとごと》のような口調になってしまいながら、話しかけてみる。

「私でこれなら、イチカは国中を浄化できちゃう気がします」

「……それはどうだろうな」

「えっ？」

なぜか曖昧《あいまい》な返事に、首を傾《かし》げる。

魔物を全て倒したはずなのに、ノア様の表情はどこか浮かないまま。

「お前らは死体の後処理をしろ。死体からも瘴気は出るんだ」

「はっ！」

ノア様の指示に従い、騎士達はすぐさま魔物の死体を片付け始める。

浄化魔法は生きている魔物にしか効果がないのか、騎士達やノア様が倒した魔物の死体があちらこちらに残っていた。

怪我人もいないようで、ほっと胸を撫《な》で下《お》ろした。

「とにかくこれで、原因だった魔物はいなくなったんですよね」

「ああ」

「良かった……」

これで村の人達も安心するだろうと、笑みがこぼれる。

早く片付けを終えて、もう大丈夫だと伝えたい。そう思った私は手伝いに行こうと、片付けをしている人々のもとへ向かおうとした。

「私も何か手伝います……ってノア様？」

けれどすぐさま、背後からノア様にがっしりと肩を掴《つか》まれ、それは叶《かな》わない。

「じゃ、お前は川の浄化の続き、頑張れよ」

「えっ」

「まだ川には瘴気が残っているからな。お前が浄化をすればすぐに元通りになるだろ」

確かに川はまだ黒く淀《よど》んでいて、魔物を倒すだけではだめらしい。

はっきりとした残量は分からないものの、魔力量も問題はない気がする。

「はい、分かりま――」

「俺は休む。さっさと行け」

私の言葉と重なるようにそう言って、ノア様はすたすたとどこかへ行ってしまう。

絶対に絶対に、他に言い方はあると思う。

「………」

その背中を見つめながら、やっぱり「優しい」っていうのは訂正しよう、なんて思った。

◆◆◆

騎士達と共に魔物の死体を運ぶデリックの姿を見つけ、名前を呼ぶ。

「ノア様！　どうかされましたか」

軽く手招きをすると、すぐに何かを察したのか手を止めてこちらへ駆け寄ってきた。

「あいつの力のこと、絶対に口外するなと全員に伝えてくれ」

「先程のカレン様のお力について、ですか……？」

「ああ」

デリックは困惑した表情を浮かべたものの、すぐに「分かりました、すぐに伝えてまいります」とだけ言い、他の騎士達のもとへ駆けていく。

デリックの反応も当然で、本来あれほどの功績を立てた場合は帰城後、讃《たた》えられるべきだからだろう。それを隠せという指示など、嫌がらせだと思われてもおかしくはない。

とはいえ、デリックは何か事情があるのだと察してくれたようだった。

『しょぼい数値だったか』

『確かに魔力はあんまりないみたいで……聖女ではあるようですが、イチカとは比べ物にならないくらい魔力は少ないそうです』

そんな会話を思い出し、呆《あき》れた笑いが込み上げてくる。

「あれのどこが『あんまりない』だよ」

大方、王妃やあの女が魔法師団に圧をかけて、数値を誤魔化したに違いない。

俺の婚約者という立場の聖女の方が優れているとなれば、セシルや自身の立場にも影響するからだろう。

「……想像以上に面倒そうだ」

吐き捨てるようにそう呟《つぶや》き、瘴気《しょうき》が消えて本来の美しさを取り戻していく川に背を向けた。

◆第五章　セシルとノア

村からの帰り道、私は再びノア様と共に馬車に揺られていた。

王城まで五時間はかかるとなると、帰宅するのは夜遅くになりそうだ。

「だらしない顔だな」

「だって、嬉《うれ》しくて」

ついにこにこしてしまい、ノア様に怪訝《けげん》な顔をされる。

けれどそんな失礼な発言も気にならないくらい、無事に川を浄化できたこと、村の人々が涙ながらに喜んでくれたことが嬉しかった。

『第二王子殿下、聖女様、そして騎士の皆様、本当に、本当にありがとうございました。なんとお礼を申し上げればよいか……言葉もありません』

何度も頭を下げる村長さんに対して、ノア様は礼なら昨日既にもらった、料理もお酒も美味《おい》しかったと伝えていて、胸が温かくなった。

ノア様は態度も言葉も素っ気ないものの、村の人々をずっと気遣い、誠実な対応をしていたように思う。それは同行していた騎士達に対しても同様で、慕われているようだった。

（……なんだか今回で、すごく印象が変わっちゃったな）

そんなことを考えながら窓の外へ視線を向けると、馬車と並走している馬上のデリックさんとガラス越しにばっちり目が合った。

途端、にこっと屈託のない笑みを向けられ、私も小さく会釈しながら笑みを返す。

「デリックさんとノア様って、正反対のタイプですよね」

「あいつと違って俺は無愛想だって言いたいのか」

「あ、自覚はあるんですね」

「………………」

こんな態度を取ってもノア様が本気で怒ったりしないことも、今は分かっている。

デリックさんもノア様とはタイプの違う美形で、二人が並び立っていたら目立つだろうし、どこでも女性達の注目の的に違いない。

そう話したところ、頬杖《ほおづえ》をついていたノア様も窓の外を見つめた。

「デリックには婚約者がいるから、そうでもないんじゃないか」

「えっ、そうなんですか？」

まさかデリックさんにも婚約者がいるなんて、と驚いていると、ノア様は「何を言っているんだ」とでも言いたげな視線を向けてくる。

なぜそんな反応をされるのか分からず首を傾げる私に、ノア様は続けた。

「お前、知らないのか」

「何をですか？」

「デリックの婚約者はお前の侍女だ」

「えっ……えええ⁉　ニコラさん⁉」

予想外の組み合わせに、大きな驚きの声が馬車の中に響き渡る。

どうやら外にまで漏れていたらしく、デリックさんが不思議そうな顔をしたのが見えて、慌てて両手で自身の口を覆った。

昨日の朝、ニコラさんから婚約者の話を聞いたばかりなのもあって、尚更驚きを隠せない。

「で、でも確かにすごくぴったりかも……」

穏やかで愛らしいニコラさんと、愛嬌《あいきょう》がありつつ男らしいデリックさんが一緒にいる姿は、それはもう眩しくてお似合いな気がする。

想像するだけで笑顔になり、ノア様に「気色悪い」と言われてしまった。

「幼馴染《おさななじみ》とは聞いていたんですが、それもまた素敵だなって」

「別に珍しい話じゃないだろ」

「そうなんですか？　私がいた世界では幼馴染とくっつくなんて、本とか漫画……創作の世界くらいですよ」

貴族社会ではそもそも家格が釣り合う家同士が交流するというし、不用意に異性と交流することもないと聞いた。

幼馴染という時点で、既に将来を考える仲なのかもしれない。

とはいえ、私の世界ではそんな話は少女漫画くらいで、周りを含めて幼馴染と付き合ったり結婚したりなんていうのは珍しい気がする。

「そういうものなのか」

そう尋ねてきたノア様は、じっと真顔で私の顔を見つめている。

「はい。私にも異性の幼馴染がいるんですが、特にそんな空気になったこともないですし、友人もみんなそうでした」

「……そうか」

ふっと口角を上げた様子はなぜか、どことなく安堵《あんど》しているみたいだった。

——それからは特に会話もなく、どっと疲労感が押し寄せてきたことで私はしばらくぐっすり寝てしまい、ノア様に寝顔について馬鹿にされるのはまた別の話。

◇◇◇

王城の自室に戻ってきた私は、ぐったりとソファの上でうつ伏せになっていた。

もう足の先まで全身、疲れすぎて動かせない。

「つかれた……散々こき使われた……」

王城に到着し「お風呂《ふろ》に入ってゆっくりしよう！」と駆け出した直後ノア様に捕まり、魔物の討伐に使った道具の浄化までさせられ、今に至る。

とはいえ、騎士の人々だけでなくノア様も最後まで働いていたため、文句は言えなかった。最初は何も手伝わないなんて言っていたくせに、と小さく笑ってしまう。

「聖女様としての初めてのお仕事、本当にお疲れ様でした」

ニコラさんは労《いたわ》る声をかけながら、私のマッサージをしてくれている。

とても気持ち良くて楽になっていくのを感じ、再び寝落ちしてしまいそうになる。

「それもDランクの魔物の群れがいたとか……とても怖かったでしょう」

「Dランク？」

「失礼いたしました、カレン様はご存じないですよね」

それからニコラさんは、魔物の強さについて簡単に説明をしてくれた。

——この世界には数多《あまた》の種類の魔物が存在しており、討伐難易度によってFランクからAランク、その上のSランクに分類されているという。

Fランクが最も弱いらしく、スライムや小動物型のものなどで、Sランクとなると街がいくつも壊滅するようなレベルの強さらしい。

(今回だって、ノア様がいなければ川の中に魔物がいるなんて気付けなかった)

力があったところで、知識がなければ活かすことはできない。

今後は魔物についてもしっかり勉強しなければ。

「Dランクの魔物なんて、恐ろしくて想像もつきません」

「やっぱり雑魚《ざこ》じゃないじゃん……」

あれを雑魚だと言ってのけ、あっさり倒してみせたノア様の実力はどれ程のものなのだろう、と気になってしまう。

セシルも幼い頃から剣術や魔法を学んでいたし、かなり強いのかもしれない。

「……でも、本当に嬉《うず》しかったな」

クッションに顔を埋めて目を閉じると、馬車が見えなくなるまで見送ってくれた村長さんやお花を渡してくれた女の子、村の人達の眩《まぶ》しい笑顔が脳裏に蘇《よみがえ》る。

(これからも、誰かの力になれたらいいな)

いきなりのことで大変だったし、涙が出そうなくらい疲れたけれど、今は行って良かったと心から思えていた。

そんな中、コンコンというノック音が聞こえてきて、ニコラさんは手を止める。

「こんな時間に……どなたでしょうか」

ニコラさんはすぐに扉へ向かってくれて、私はクッションを抱きしめたまま、ぼんやりと明日以降のことを考えていた。

(まずは聖女の力の扱い方をちゃんと学ばなきゃだよね。本当に誰も教えてくれないのなら、本を借りてきて自分でやるしかないだろうし……)

図書館には確か子ども向けの教材本などもあったはず、なんて考えているうちに再び睡魔が襲ってくる。

「ふわあ……ニコラさん、誰でした——えっ」

やがて足音がこちらに近づいてきて、うつ伏せ状態で欠伸《あくび》をしながら目を向けた私は、そこにいた人物を見てぴしりと固まった。

しばらくその状態で見つめ合った後、我に返った私は飛び起き、ソファの上に正座した。

「セ、セシル様、とてもお見苦しいところを……」

「いえ。お疲れだったでしょうに、こちらこそ夜分に突然すみません」

そう、振り返った先にいたのはなんとセシルだった。

その後ろでは、ニコラさんが気まずそうな笑みを浮かべている。

「と、とりあえず座ってください」

「ありがとう」

ひとまず向かいのソファに座るよう勧め、ニコラさんにお茶の準備をお願いした。

(もう今日は誰にも会わないと思っていたから、完全にオフモードだった)

ずっと編み込みに結んでいた状態を解《ほど》き、その癖のついたぼさぼさの髪を手ぐしで整える。

先程の体勢を含め色々と恥ずかしく思っていると、セシルは柔らかく微笑《ほほえ》んだ。

「聖女服、とても素敵です。君は白がよく似合いますね」

「あ、ありがとうございます……」

気を遣ってくれているのだと思うと申し訳なくなりつつ、その優しさに感謝した。

ニコラさんが淹《い》れてくれたお茶をいただき、ほっと息を吐《つ》く。

「僕が公務で城を離れている間に、聖女の仕事に向かったと聞いて驚きました。魔法の扱い方も学ばないまま……本当にすみません」

「いえ、セシル様のせいではないので！」

セシルはかなりの罪悪感を抱いているようで、両手を振って否定する。

とはいえ、セシルの様子を見る限り、やはり私への扱いが不当だったのは明らかだった。

「大丈夫でしたか？」

「川は酷い状態でしたけど……ノア様が色々と教えてくれたので、助かりました」

「ノアが？」

「はい。ノア様が川の浄化、魔物の倒し方についても教えてくれたんです」

教え方も的確で、無駄がなくて分かりやすかったように思う。

（それに、好きな人についての意外な一面も知っちゃったし）

あの日の会話を思い出し、ふふっと小さく笑ってしまう。

そんな私を見て、セシルはアイスブルーの目を瞬く。

「……とにかく、今後も仕事を頼まれることが増えるかと思いますが、難しいようなら遠慮なく断ってください。断りづらい場合は僕から言いますので」

そう言ったセシルは、心から私の心配をしてくれているようだった。

「それに今はもう、きりがないですから」

セシルはどこか悲しげに、手元のティーカップへと視線を落とす。

「そんなに聖女の仕事ってあるんですか？」

「ここ数年あちこちで瘴気《しょうき》が広がり、急激に魔物の数が増えているんです」

「……じゃあ、今回のような状況の人達がたくさんいるんですね」

華恋がするのは都会での華やかな仕事や要人の治療ばかりで、その他の仕事は基本断っていると聞いている。きっとこの先だってそうだろう。

私まで断ってしまえば、困っている人達を救う手立てがなくなってしまう。

(元の世界に帰りたい気持ちは変わらないけど、今すぐどうにかなる問題でもなさそうだし)

ぎゅっと膝《ひざ》の上に置いていた手を握りしめ、私は顔を上げた。

「私にできることは全部やります。やらせてください」

私が医者を志しているのも祖母の病と死をきっかけに、困ったり苦しんだりしている誰かを助けられるようになりたい、寄り添いたいと思ったからだった。

聖女という特別な力を得た以上、この世界にいる間はできる限りのことをしたい。

「魔法についても、もっと勉強しますね！」

「……ありがとう」

笑顔で気合い十分だというポーズをしてみせると、ずっと表情の暗かったセシルも、眉尻《まゆじり》を下げて笑ってくれた。

(やっぱり私は昔も今も、セシルが笑ってくれると嬉《うれ》しいな)

その後はほんの少しだけ雑談をして、もう時間も時間だから帰るというセシルを部屋の外まで見送ることにした。

「どうか無理だけはしないでくださいね」

「平気です！　それに次からはもっとノア様を働かせてみせます」

やっぱり心配げな顔をするセシルに気にしてほしくなくて、悪戯《いたずら》っぽく笑ってみせる。

するとセシルの口元から、笑みが消えた。

「……ノアとずいぶん仲良くなったんですね」

「えっ」

一体どこからそう思ったのだろうと、間の抜けた声が漏れる。

「いえ、全っ然です！　むしろセシルの方がずっと——」

そう勘違いされるのは私だけでなく、ノア様も望まないだろうと必死に否定した結果、うっかり「セシル」と呼んでしまった。

私にとっては馴染《なじ》み深くても、今のセシルからすれば違う。第一王子に対して失礼なことを言ってしまったと、すぐに謝罪の言葉を口にした。

「す、すみません……」

「いいえ。君さえ良ければぜひセシルと呼んでください」

一方、セシルは不快感を露わにするどころか、嬉しそうに微笑んでみせた。予想外の提案に目を丸くしてしまいながらも、嬉しさが込み上げてくる。

「……いいんですか？」

「はい。その代わり、僕もカレンと呼んでも？」

けれどそう尋ねられた途端、一気に全身の温度が下がっていくのが分かった。

「…………」

私は過去のように「セシル」と呼べることに喜びを感じたけれど、セシルにとっては違う。

分かっていたことなのにやっぱり寂しくて、すぐに返事ができずにいる私を見て、セシルは気遣うような表情を浮かべた。

「嫌でしたか？」

「い、いえ！　ぜひ！」

躊躇《ためら》っていると受け取られたらしく、必死に否定する。

（やっぱりカレンって呼ばれるのは寂しいけど……）

鏡越しではなく、顔を合わせて昔みたいに名前を呼べるのはすごく嬉しい。

私は両手を合わせると、目の前に立つセシルを見上げた。

「じゃあ……セシル？」

改めて口に出すと、なんだかくすぐったくて懐かしくて、頬が緩む。

するとセシルの手がこちらへ伸びてきて、ひどく優しい手つきで私の頬に触れた。

（セシル……？）

突然のことに困惑し、様子を窺《うかが》う。

セシルはこれまで見たことのない切なげな顔で、私を見つめていた。

こんな風に異性に触れられるのは初めてだったせいか、小さく心臓が跳ねる。どうしたんだろうと尋ねようとした途端、廊下にはコツ、という第三者の足音が響いた。

「――へえ？」

次に聞こえてきたのは嘲笑《ちょうしょう》するような声で、振り返ると先程ぶりのノア様の姿があった。

（どうしてノア様がここに……）

不用意な面会を避けるため、そして安全性の問題でこの辺りは私が暮らしている部屋以外、使われている場所はない。

私だけでなく、セシルもノア様の登場に困惑しているようだった。

「自分の婚約者より大事そうなことで」

「………」

「お前が選んだくせに」

気まずい沈黙を破ったのはノア様で、言葉の意味は分からないものの、声音や態度、口元からはセシルを煽《あお》っているのが伝わってくる。

（セシルが選んだってどういうこと？　婚約者って華恋のことだよね……？）

ちらりとセシルへ目を向けると、セシルはバツの悪そうな表情をしたまま、口を閉ざしていた。

「まあいい」

ノア様はそう言ってこれ見よがしに溜《た》め息《いき》を吐《つ》き、こちらへ近づいてくる。

そして私の手首をぐっと掴《つか》み、部屋の中へ向かっていく。

「行くぞ」

「えっ、ちょっと……！」

抵抗も虚しくぐいぐいと腕を引かれ、転びそうになりながらなんとか後をついていく。

ひとまずセシルに何か言わなくてはと、部屋の中に入る瞬間、振り返る。

(――え)

ドアの隙間から見えたセシルの表情は何かを悔やむような、暗くて冷たいもので。言葉に詰まった私は何も言えないまま、バタンとドアは閉まってしまった。


人の部屋だというのに、相変わらず少しの躊躇いもなくずかずかと歩いていくノア様は、どかりとソファに腰を下ろした。

(な、何なんだろう……)

戸惑いながら、私も向かいのソファに腰を下ろす。

言いたいことは色々とあるものの、ノア様が何の理由もなく私のもとを訪れるはずがない、ということも理解していた。

セシルを見送ってきたはずが入れ替わるようにしてノア様が現れたことで、ニコラさんも一瞬驚いた顔をしたものの、急ぎ改めてお茶の準備をしてくれる。

(……セシル、大丈夫かな)

最後に見た表情が頭から離れず、心配になる。

同時に冷静になった私は先程の出来事を思い返し、はっと気付いてしまう。

――私にとってのセシルはまだまだ弟のような小さな男の子というイメージが強くて、つい気軽に話してしまっていた、けれど。

こんな時間に二人で会ってあんな風に触れられているなんて、どう考えても良くない。

ノア様は気にしないだろうけど、一応は婚約者という立場だし、誤解は解いておきたい。

「あの、さっきのは――」

「ん」

そう思い口を開くのと同時に、ノア様はこちらへ何かを勢いよく放り投げた。

なんとか両手でキャッチすると、小さな丸い橙色《だいだいいろ》のケースが手のひらの上で輝く。

「これは……？」

「薬だ。瘴気まみれの水に長時間手を浸してただろ、塗っとけ」

「ありがとう、ございます……」

きっと、このためにわざわざ来てくれたのだろう。

（それにノア様のこと、少しずつ分かってきた気がする）

口も態度も悪いけれど、根っこの部分はきっと「良い人」なんだと思う。

『少しでも余計なことをしたら、殺す』

初対面の時に言われたあの言葉にも、何か理由があるのかもしれない。

そう思えるくらい、この数日間でノア様への印象は大きく変わっていた。

「それと、セシルはやめた方がいいぞ」

「どういう意味ですか？」

「あいつを好きになっても無駄だ」

「そんなんじゃありません！」

やはり先程、二人で一緒にいるところを見て誤解されてしまったらしい。

ノア様は全く興味なさげだったけれど、セシルのためにもしっかり否定しておきたかった。

――昔のセシルはいつも私のお蔭《かげ》で頑張れる、励まされていると言ってくれていた。

（けれど、それは私も同じだった）

いつだって一生懸命で、まっすぐに「大好き」と伝えてくれて、私に懐いてくれるセシルの存在には、何度も何度も救われていた。

辛《つら》い時には「セシルも頑張っているんだから、私も頑張ろう」と思えたし、私も家族や友人には言えないような弱音を聞いてもらったことだってある。

「セシルは、私にとって……」

聖女服をきつく握りしめ、そう呟《つぶや》く。

これ以上を口にできるはずもなく言葉に詰まっていると、ノア様は「まあいい」と言い、ティーカップに口をつけた。

「とりあえず魔法は使い方を学んでセーブして使え。……殺されたくなかったらな」

いきなりの不穏な言葉に、息を呑《の》む。

「えっ……？　殺されるって、どういうことですか……？」

「お前は知らない方がいい」

「自分のことなのに、そんなわけ――」

ガチャンと荒々しくティーカップがソーサーの上に置かれ、口を噤《つぐ》む。

「馬鹿で無能なふりをしておく方が安全だ」

こちらを見つめるノア様の表情は真剣そのもので、本当に私の身を案じてくれた上での忠告なのだと理解した。言葉通り、私は知らない方が良いのだと。

こくりと頷《うなず》くと、ノア様は「話はそれだけだ」と言って立ち上がる。

そのまま出ていこうとするノア様を、私は慌てて引き止めた。

「あの、色々とありがとうございました！」

ぱっと頭を下げ、心からの感謝を伝える。

村でのことも、そして今のことも。

ノア様だって疲れているはずなのに、こうして心配して来てくれたことも、嬉しかった。

「…………」

既にこちらに背を向けていたノア様は何も言わず、いつものように片手をひらっと振り、そのまま部屋を出ていく。

きっと見送られることも望まないだろうと思った私は、ノア様が去ってドアが閉まった後、再びソファに腰を下ろした。

（……私、想像していたよりもずっと、大変なことに巻き込まれているのかも）

ぼうっと天井を眺めながら、どこか他人事《ひとごと》だった事柄が現実味を帯びていくのを感じる。

とにかく今の私にできるのは、ノア様が言っていた通り、聖女の力を使いこなせるように——自分の身を守れるようになることだろう。

決意を胸に両手を握りしめると同時に、手のひらの中の小さなケースの存在を思い出す。

「……ふふ」

最初は手伝わないって言っていたのにとか、やけに勢いよく投げられたなとか、誰かに届けるよう頼むことだってできたはずなのに、とか色々と考えては笑みがこぼれる。

(うん、明日からも頑張ろう)

心がとても温かくなって、私は前向きな気持ちでそっとケースを包み込んだ。

◇◇◇

聖女としての初仕事を終えた翌朝、いつも通りの時間に目が覚めてリビングへ行くと、きょとんとした表情のニコラさんと目が合った。

「おはようございます、ニコラさん」

「カレン様、おはようございます。もっとお休みになられていても良いのですよ」

「いえ、十分休めましたから！」

心配してくれているニコラさんに平気だという笑顔を向けて、いつものようにテーブルの前に座る。疲れていたせいか熟睡できたし、今朝も気持ちよく目が覚めた。

(朝ごはんを食べたら、まずは図書館に行こうかな)

ニコラさんはすぐに朝食の手配をしてくれて、その間に私の身支度も手伝ってくれる。

「カレン様はどんなお色も似合いますね。今日の髪型はどうされますか?」

「ありがとうございます。ニコラさんのお任せがいいです!」

「ふふ、分かりました」

今日も白いブラウスにレモンイエローのスカートという可愛《かわい》らしい服装で、ニコラさんはスカートと同じ色のリボンを使って髪を結ってくれるそうだ。

その間、私は昨日ノア様にいただいた薬をしっかりと両手に塗り込んでいく。優しい花のような香りがして、心が落ち着くのが分かった。

「実はこちらのドレス、以前カタログで見た時に私も素敵だなと思って購入してあるんです。私はパープルなんですが」

「本当ですか? ぜひニコラさんとお揃《そろ》いにしたいです!」

「はい、こちらこそぜひお願いします」

それからはニコラさんといつか、一緒にお揃いの服を着て街中のカフェに行ったり、お買い物をしたりしようと約束した。

私はまだメイド服姿しか見たことがないけれど、私服姿もそれはもう綺麗《きれい》なはず。

「おすすめのケーキ屋さんがあるんです。店内も可愛らしくて、お気に入りで」

「……もしかして、デートでもよく行ったりするんですか?」

そう尋ねると、ニコラさんの頬がぽっと赤く染まった。

そんな様子も女の子らしくて可愛くて、きゅんとしてしまう。

「デートだなんて、そんな……」

「実はノア様から聞いたんです。ニコラさんの婚約者って、デリックさんだったんですね」

デリックさんもとても素敵な方だし、二人はとてもお似合いだという気持ちを熱く語ると、ニコラさんの頬はさらに赤くなって、恥ずかしそうに両手で覆った。

「ありがとうございます。とても嬉《うれ》しいです」

「ニコラさんさえ良ければ、デリックさんとの婚約までのお話を聞いてもいいですか？」

再び櫛《くし》を手に取ったニコラさんは、照れながらも頷いてくれる。そして私の髪を丁寧に梳《す》きながら、婚約に至った時のことを話してくれた。

「……実は十六歳の頃、別の方との婚約がまとまりそうになったんです。そうしたら、デリックが『どうか考え直してほしい』『ずっと好きだった、絶対に自分が幸せにする』と私に告白した後、父のもとに毎日頭を下げにきてくれて……」

「わ、わあ……！」

あまりにもドラマチックでときめくエピソードに、胸が高鳴る。

ニコラさんに婚約を申し込んできたお相手はニコラさんの家よりずっと家格が高く、全てにおいて釣り合わないくらいだったとか。

デリックさんも男爵令息で第二王子の護衛という十分な立場ではあったものの、遥《はる》かにそれを凌《しの》ぐ相手だったらしい。ニコラさんには一目惚《ひとめぼ》れをしたんだとか。

貴族として――家の長としてはその相手を選ぶのが当然の選択だったけれど、お父様はデリックさんの行動に胸を打たれ、最終的にニコラさんにどうしたいのかと尋ねてくれたそうだ。

「私もずっとデリックが好きだったので、彼と生きていきたいと一緒に頭を下げました」

「……っ」

その結果、ニコラさんのお父様は周りから猛反対されながらも、デリックさんとの婚約を許してくれたという。

「す、素敵すぎます……！　泣きそうなくらい感動しちゃいました」

まるで恋愛小説の一場面みたいだと、ときめきが止まらない。

デリックさんもニコラさんもお父様も素敵で、二人が結ばれて本当に良かった。お互いに仕事も大切にしているから、結婚はまだ先の予定らしい。

（想《おも》い想われる恋愛って本当にいいな、憧《あこが》れちゃう）

つい口元を緩ませながら、もっと二人の話を聞きたいと夢中になっていた時だった。

ノック音がして、メイドの一人が部屋の中へと入ってくる。

「失礼いたします。カレン様、第一王子殿下からお手紙が届いております」

「セシルから？」

その手には真っ白な封筒があって、戸惑いながらも受け取った。封蝋《ふうろう》には以前学んだこの国の王家の紋章が入っていて、本当にセシルからのものらしい。

ちょうど身支度も終わったので、私はリビングのソファへ移動し、手紙を開封した。

（わ、セシルらしいすごく綺麗な字……）

この国の文字についても学んだけれど、セシルの字はお手本のように美しい。

手紙には昨日夜遅くに訪ねてしまったことに対する謝罪や今後、仕事の依頼についての体制を整えていくことなどが綴《つづ》られている。

セシルの優しさにじーんとしながら読み進めていくと、なんと三日後、私とセシルで王都の街中に行く許可を陛下からいただいた、ということが書かれていた。

約束をしたのはたった数日前だというのに、あまりの仕事の早さに感動する。

私の行きたい場所に行こうとセシルは言ってくれており、心が浮き立ってしまう。

（どうしよう、何をしようかな……まずは何があるのか調べた方が良さそう）

私はすぐに返事を書き、ぜひ行きたいという了承の返事や感謝の言葉、そして行き先は当日までに考えておくと認《したた》めた。

「……嬉しいな」

きっとセシルがいなければ、こんな機会はいつまでもなかったはず。

心から感謝しながら、メイドにセシルへの手紙を届けるようお願いした。

それからは図書館で借りてきた本を読んだりニコラさんから話を聞いたりして、王都の街中について調べ、行きたい場所の目星を付けた。

調べ物や勉強をするため、王城内の図書館よりも大きいという国立図書館は必ず行きたいと思っているし、人々の暮らしを知るためにゆっくり街中を見たいという気持ちもある。

もちろんそれだけでなく、聖属性魔法の扱いについてもしっかり学ぼうと思っていた、けれど。


「な、なんだか昨日の今日って感じですね……」

「本当にな」

それから二日後の昼下がり、私は再びノア様と共に馬車に揺られていた。

なんと今朝も魔法師団の第三師団長であるアイヴァンさんに突然呼び出され、新たな聖女の仕事の依頼をされて、今に至る。

やれることは全部やると言ったものの、改めて魔法を練習する時間もないまま、中二日で次の仕事が来るとは思ってもみなかった。

「しかも竜人の捕獲って……私にできるものなんですか？」

「あいつらは聖女の純粋な魔力を好むからな。お前が最適なんだろう」

今日も顔に思いきり面倒だと書いてあるノア様は、窓の外を眺めながらも教えてくれる。

——そう、今回の仕事は竜人という、それはもう貴重な種族の捕獲らしい。

今から向かう海辺で昨晩、目撃証言があり、極秘で急ぎ捕まえることになったと聞いた。

竜人は絶滅危惧種《きぐしゅ》でほとんど生き残りがおらず、各国で大切に保護しているらしい。

個人での捕獲は禁止という法律があっても高値で売り捌《うさば》こうとする人間は後を絶たず、対応が遅れることは許されないそうだ。

竜人は名前の通り竜になったり人間の姿になったりすることができ、言葉も話せるという。

竜──巨大なドラゴン状態の戦闘力は計り知れず、国によっては戦力の要になっているとか。

「ドラゴンを捕まえるなんて、本当にできるものなんですか？」

私も子どもの頃はファンタジー要素のある本を読んだりしたし、その中にもドラゴンは出てきたけれど、スケールが違う生き物な気がしてならない。

「今回は孵化《ふか》したばかりの幼体だから、上手《うま》くやれば問題ないだろ」

竜人の卵は孵化するまでに数年から数十年かかることもあるそうで、今回は海辺で発見されたこともあり、どこかの国から流れ着いたのではないかと考えられているらしい。

「上手くやれば、って……」

実は一応、出発直前に竜人についての知識とその捕獲方法について、三分だけアイヴァンさんに教えてもらっていた。

『ど、どうやって捕まえればいいんですか……⁉』

『ノア様と両親のふりをして、仲睦《なかむつ》まじい姿を見せながら回収してきてください。カレン様の魔力を好むはずですし、それだけで十分です』

『りょ、両親のふり……？　冗談ですよね？』

『いえ、至って真面目です』

『…………』

元々ドラゴンは聖女の伴侶《はんりょ》と言われていたくらいで、聖属性魔法の魔力を好むそうだ。分からないことばかりだし、ノア様と両親のふりをする、というところが一番の謎すぎる。

『ちなみに幼体は無理やり連れていこうとすると、危険を察知して竜化し、辺りにいる生物を皆殺しにしようとするので、気を付けてください』

『み……？』

『ああ、こちらのブレスレット型の魔道具を着けることさえできれば、竜化は防げて安全になりますので。どうか頑張ってくださいね』

セシルのお蔭《かげ》なのか、依頼時は前回よりも多少は丁寧なお伺いの形だったものの、やはり説明は不十分な気がしてならないし、危険度も高い。

とはいえ、もう今はとにかく言われた通りやってみるほかないと溜《た》め息《いき》を吐《つ》いた。

「それにしても、ものすごい人の数ですね」

「我が国で竜人が見つかるのは数百年ぶりだからな。必ず捕まえたいんだろう」

窓の外には、ずらりと数百人単位の騎士が列をなしている。捜索自体は大人数で行い、見つかった後は私とノア様に委ねられるらしい。

ノア様も面倒とはいえ今回はしっかり仕事をするつもりらしく、竜人がよほど貴重な存在であることが窺《うかが》える。

「あ、そうだ！　薬、ありがとうございました。朝昼晩としっかり塗っていますが、お蔭で両手ともにすっべすべで絶好調です！」

そう言って両手を前に突き出してみせると、ノア様は目を瞬いた後、興味なさげに「そうか」と再び窓の外へ視線を移す。

なんだかノア様らしいと思いつつ、明日はいよいよセシルと王都の街中を巡る約束をしている日だし、絶対に今日中に任務を遂行して帰ると固く誓ったのだった。


やがて海辺に到着し馬車を降りると、潮の香りがする風が聖女服のローブを揺らした。

「綺麗な海……！」

透き通る青々とした海はとても美しく、元の世界でも海には長らく行っていなかったため、こんな状況とはいえ、つい胸が弾んでしまう。

ノア様は全く興味がないという様子で、さくさく砂浜を進んでいく。

「竜人が目撃されたのはどの辺りだ？」

「あちらの岩陰です。近くの村の人間の存在に気付いた後、泣きながら奥の森に逃げたと」

「……魔の森か。厄介だな」

騎士が指差した海から続く森を見て、ノア様は眉根《まゆね》を寄せた。

「魔の森ってなんですか？」

なんだか物騒な名前だと思い、尋ねてみる。

「あの森には魔物が多く生息していて、Ｂランクの魔物まで出るんだ」

「そ、そんな……」

先日の村にいた魔物でＤランクと考えると、Ｂランクの魔物の強さなんて想像もつかない。

ランクが上がるにつれ、魔物の知能が高くなったり、毒や麻痺《まひ》といった状態異常の効果がある魔法を使ったりするという。

「竜人は大丈夫なんですか？」

「あれは生き物としての格が魔物より上だから、基本的には襲われたりしないはずだ。ただCランク以上となると、分からない」

「なるほど……早く見つけないとですね」

とにかく森の中を手分けして探すことになり、騎士の人々がグループに分かれていくのを見守っていると、不意に視界がぶれた。

いつの間にかノア様に腕を掴《つか》まれており、ずるずると引きずられていく。

「あの、どこへ……？」

「森の中に決まってるだろ」

「他の騎士の方とかは」

「必要ない」

「う、嘘ですよね……？」

困惑する私を連れて、ノア様はずんずんと魔の森の中へ入っていく。ノア様の実力がはっきりと分からない以上、二人きりで魔の森なる場所に入るのは恐ろしすぎる。

「話を聞く限り、大勢だと逃げるだろうしな」

「確かにそうですけど……」

村人を見て泣きながら逃げた、というくらいだから、とても臆病《おくびょう》な子なのかもしれない。

ノア様の戦闘能力を信じながら、早足で進む背中を必死に追いかけていく。

（お化け屋敷？　ってくらいおどろおどろしいんですけど……）

森の中は真昼とは思えないほど暗く、鬱蒼《うっそう》としている。

時折、頭上や足元を何かが通り過ぎていく感覚がして「ひっ」と短い悲鳴が漏れた。

「そもそも竜人ってどんな見た目をしているんですか？」

怯《おび》えながらも一応きょろきょろと探してみたけれど、肝心な情報を全く聞いていなかったことに気が付き、尋ねてみる。

「知らん」

「……なんて？」

そして返ってきた言葉に、私の口からは間の抜けた声が漏れた。

少し前を歩くノア様は表情ひとつ変えず、平然としている。

「ただ、見ればすぐに分かる。あれは特別だからな」

「特別……」

ノア様は他国で一度見たことがあるそうで、私達人間のように肌や髪の色、顔立ちにも個体差があって、それでもなお竜人だというのは判別できるらしい。

「あれ？　あそこで何か動いて……ねずみ？」

そんな中、視界の端、木の陰で小さな何かが動いていることに気付く。

恐る恐る近づいてみると、ねずみのような生き物がそこにいた。棘《とげ》のような尻尾《しっぽ》に口からはみ出している鋭い歯、凶暴そうな顔から魔物だというのはすぐに分かった。

「どうせだから倒してみろ。Ｆランクなら子どもでも倒せる」

「わ、分かりました！」

ノア様の言う通り、せっかくの機会だと思った私はそろりと近づき、手のひらをかざす。

そして先日の感覚を思い出しながら魔力を放ったものの、届く前に「ビィ！」という鳴き声を上げて逃げられてしまった。

「すみません……」

「最初なんてそんなものだろ。何度でもやってみればいい」

ノア様は「謝る必要はない」と言い、全く気にしていない様子で再び歩き出す。

なんだかノア様が優しいと調子が狂うな、なんて思いながら後を追いかけていく。

それからもＤランク程度までの魔物は現れたものの、ノア様があっさりと倒してくれて、難なく進むことができた。

「な、なかなか見つかりませんね……」

とはいえ、問題なく歩き回れているというだけで、目的である竜人の手がかりは一切ない。

地面は木の根や石などででこぼこしていて、歩いているだけでも体力が削られていく。息が切れており、ここ数年は全く運動をしていなかったことを反省した。

「この森は王城の敷地、五つ分はあるんだ。そう簡単には見つからないだろうな」

「……冗談ですよね？」

「俺もそうであってほしいがな」

ノア様は呆《あき》れた表情で、はっと唇の端を釣り上げている。

探知魔法も存在するものの、竜人は魔力感知にも長《た》けているらしく、先回りして逃げられてしまう可能性が高いという。とにかく地道に歩き回って探すしかないそうだ。

その上、人の姿を見た途端に逃げられたという話もあるし、難易度が高すぎる。

（これで本当に見つけられるの……!?）

このままでは日が暮れるどころか、年の暮れがきてしまうのではないだろうか。それでも私のすべきことに変わりはないし、ひたすら探すほかない。

（……それに、竜人の子だってきっと不安だよね）

まだ幼くて両親を恋しく思う、人の姿を見ただけで怖くて泣いてしまうような子なら、きっと今だって不安で怖くて仕方ないはず。

早く探し出して、もう大丈夫だよ、怖いことは何もないよと伝えたい。そう思い、目を凝らして辺りを見回していた時だった。

「……ノア様、いま何か言いました？」

「何も言っていないが」

ふと、どこからか誰かの声がした気がして足を止める。

目を閉じて耳を澄ませば、次は小さな子どもの声がはっきりと聞こえた。

「あっちから子どもの声が聞こえませんか？」

「俺には何も聞こえない」

「……………」

ノア様には聞こえていないようだったけれど、きっと勘違いなんかじゃない。私を呼んでいるような気がして、いてもたってもいられなくなって、声がした方へ駆け出した。

「おい、どこへ行く！」

「多分こっちにいます！　ついてきてください！」

走りながらそう叫ぶと、ノア様も後をついてきてくれる。

肺が痛くなるのを感じながらひたすら走っていくと、やがて開けた場所に辿《たど》り着《つ》いた。

暗くて不気味だった森の中とは思えないくらい、明るくて優しい日差しが木々の間から差し込んでいる。その中心には、息を呑《の》むほど真っ青で透き通る水を湛《たた》えた美しい湖があった。

「……きれい」

無意識にそんな言葉がこぼれ落ちたけれど、すぐにハッとして辺りを見回す。

そして水辺の小さな色とりどりの花が咲き誇る場所に、その子はいた。

「あー、う？」

花々の上を舞う蝶々《ちょうちょう》に小さな手を伸ばし、不思議そうに眺めている。

――人間の子どもで言うと、一歳半くらいの男の子だろうか。

輝く金髪に、ルビーに似た大きな瞳《ひとみ》、陶器のような真っ白な肌。これまでの人生では見たことが

ないくらい、綺麗《きれい》で可愛《かわい》くて神々しい姿に息を呑む。

小さな子どもに対し「美しい」と思ったのも、生まれて初めてだった。

（これが、竜人……）

ノア様に確認を取らずとも、すぐに分かった。柔らかそうな金髪の隙間から生えている小さな赤い角に気付かなくたって、きっと同じ感想を抱いていたに違いない。

ノア様が見た瞬間分かると言っていたのも、今なら納得できる。美しさや纏《まと》うオーラから、本当に竜人というのは特別な存在なのだと、一瞬で理解させられていた。

「まずはお前だけで行った方が良さそうだ」

「……分かりました」

ノア様に耳打ちをされ、こくりと頷《うなず》く。

そして私は笑みを浮かべると、ゆっくりと竜人のもとへ向かう。途中、パキ、と小枝を踏みしめたことで、蝶々に夢中になっていた竜人の子がぱっとこちらを振り向いた。

「…………」

「…………」

数秒ほど、お互いに無言で見つめ合う。

正面で見ると、よりその美貌《びぼう》に圧倒される。竜というくらいだから恐ろしい見た目を想像していたため、そのギャップもかなりあった。

「う……」

やがて真っ赤な大きな目には涙がみるみるうちに溜まっていき、我に返った。

慌ててしゃがんで目線を合わせ、できる限りの明るい笑顔を向ける。幼い子どもに対して目線を合わせること、表情を分かりやすくすることは大事だと、以前学んだことがあった。

「こんにちは」

「………」

「私、カレンと言います。はじめまして」

うるうるとした目で、観察するようにこちらを見ている。

まずは逃げられることなく第一関門は突破したと、ほっと胸を撫《な》で下《お》ろす。

「そのお花、きれいだね」

「……おあな?」

「そう、お花! おしゃべりできるんだ、すごいね!」

ぱちぱちと拍手をすると、ぱあっと嬉《うれ》しそうな顔をする。その様子があまりにも可愛くて、きゅんと胸が高鳴った。

(か、可愛い……! 天使みたい)

こんなにも愛らしい子が攫《さら》われ、高値で売られて利用されるなんてこと、絶対にあってはならない。絶対に連れ帰らなければと、心の中で再度決意する。

どうやらこちらの言葉は理解できるらしく、身体《からだ》にもスカーフのような布が巻かれている。人間とは違い、もしかすると生まれつきある程度の知能が備わっているのかもしれない。

「良かったら一緒に遊んでもいい？　私もお花、好きなんだ」

男の子は何も言わず、透き通った両目でじっとこちらを見ている。

ひとまず私は様子を見ながらもう少しだけ近づくと、花を摘んで編み始めた。子どもの頃いつもやっていた遊びで、よく指輪や花冠を作っていた記憶がある。

（……華恋が得意で、いつも教えてくれたっけ）

上手《うま》くできない私の隣に座って、根気強く一緒に作ってくれていた。

そんな過去を思い出しながら手を動かし、やがて完成した小さな花冠を掲げた。

「ほら、できた」

「わ！　うー！」

きらきらと目を輝かせている姿も愛らしくて、胸が高鳴る。喜んでくれたようで、嬉しそうに花冠に両手を伸ばしている。

けれど渡そうと近づくと、近づいた分だけじりじりと後退した。どうやら一定の距離を置きたいらしく、花冠を地面に置いて離れると、ゆっくりと近づいて手に取ってくれた。

「おあな？」

「うん、花冠っていうんだよ」

「はなかん、むい？」

「ふふ、そうだよ。こうやってね、頭に載せるの」

少しずつ警戒心は解けている気がするけれど、もう空は茜色《あかねいろ》に染まり始めている。夜になると魔物の活動が活発になると聞いており、時間だってあまりない。

危険を察知した場合、竜化して暴れると聞いているし、私も無理強いはしたくなかった。

どうしようと頭を悩ませていると、背後から影が差す。

振り返るとノア様がすぐ側《そば》に来ていて、私の隣にしゃがみ込んだ。竜人の子は一瞬びくりとしたものの、逃げずにいる。

「これ以上近づけないんですが、どうしたら――っ」

こそっとノア様に尋ねようとした途端、腰に腕を回され、抱き寄せられた。

ぴったりと身体が密着し、ふわりと甘い香りが鼻先を掠《かす》める。

「な、なな、なんで……」

「動くな。大人しくしてろ」

突然のことに驚き、逃げようとしたものの、より強く腕の中に閉じ込められた。

私の耳元に口を寄せ、ノア様は小声で囁《ささや》く。

「こいつらには両親揃《そろ》って育てる慣習があるせいか、幼い竜人は本能的に両親を恋しがる」

アイヴァンさんの説明の中に「両親のふりをする」というのがあったことを思い出す。

「厄介な性質だが、男女が一緒にいる姿を見ると安心するらしい。捕獲後の世話も必ず、実際の夫婦が行うことになっている」

そう説明されてようやく、全てを理解した。今ノア様がこうして私とくっついているのも、そのために違いない。

両親だと錯覚するよう、親しげに見せる作戦なのだろう。

「油断させて、隙を見てブレスレットを嵌《は》めろ」

「……ど、努力します」

ちらりと竜人の子に目を向けると、興味深そうに私達を見ていた。小さな手を地面につき、ほんの少しだけ近づいてきている。本当にこうすることで、効果があるらしい。

(こんなに小さいのに一人ぼっちで、両親を恋しがっているなんて……)

本能的なものだとしても、どうしようもなく胸が締め付けられる。

ひとまずノア様に合わせつつ、アイヴァンさんに言われた通りにしてみることにした。

「お、お母さんですよ……ママです！」

「はっ」

「ちょ、ちょっと！　笑わないでください！　こっちは真剣なんですから」

ノア様に小馬鹿にしたように笑われ、羞恥心《しゅうちしん》が込み上げてくる。

両親のふり、なんて言われても恋人すらいたことがないのだから、どうすればいいのか分かるはずがない。

「ふ、ふぇ……」

「あっ、違うの！　喧嘩《けんか》じゃないよ！」

すると私達が不仲なのを感じ取ったのか、竜人の子は今にも泣き出しそうな顔をする。

このままではいけないと、私は心の中で涙を流しながらノア様の肩にこてんと頭を預けた。

「ね？　すっごく仲良し！」

「…………」

「ほら、ノア様も笑顔！　そんな仏頂面をしていたら、いつまでも連れて帰れませんよ！」

明らかに嫌な顔をしたノア様の脇腹を肘《ひじ》で軽くつつきながら、小声で囁く。

竜人の子のガラス玉に似た、透き通る瞳は全てを見透かしそうで、どきりとする。

「……まま？」

「そうだよ。こっちがパパです！」

「ぱぱ……？」

竜人の子がうるうるとした目でノア様を見上げる中、何も言わないままのノア様の脇腹を、今度は思いきり肘打ちした。

「……ああ」

覚えてろよと言わんばかりに私を睨《にら》むノア様は、仕方なしという様子で頷く。

(でもやっぱりまだ、警戒してるみたい)

その愛らしい様子に内心悶《もだ》えつつ、濃くなっていく夕焼けに焦燥感が募っていく。

そんな中、不意にノア様は立ち上がり、戸惑う私を片腕で制した。

「下がってろ」

「えっ？」

そう言われると同時に、ぞくりと嫌な感覚がした。

ばっと悪寒がした方向へ視線を向けると、そこには巨大な魔物の姿があった。

獅子《しし》や山羊《やぎ》、竜のような生き物が混ざったような姿はおぞましく、見るからに凶暴でかなり強い部類の魔物であることが窺《うかが》えて、息を呑《の》む。

「キメラか」

「あ、あの魔物、何ランクなんですか……？」

「Bランクだ」

「……え」

言葉を失う私をよそにノア様は涼しげな表情のまま、魔物の方へ向かっていく。

「ガルルル……」

キメラと呼ばれた魔物はノア様に対し苛立《いらだ》っているようで、今にも飛びかかりそうだった。

竜人の子はキメラの殺気に怯《おび》えていて、目を潤ませ、小さく震えている。私は恐怖心を必死に抑えつけると、キメラと竜人の子の間に移動し、守るように膝《ひざ》をついた。

「グルアアァァ！」

やがてキメラはノア様に向かって飛びかかり、鋭い獅子の爪を振り下ろす。ノア様は軽々と避《よ》けたものの、左側についていた竜の口から勢いよく炎が吐き出される。

氷の盾で炎を防ぐも、かなりの高温なのか一瞬で溶けていく。

そこへ再び突進するキメラ――中心の獅子の両目をノア様は的確に氷で攻撃し、怯《ひる》んだ隙に氷で作り出した長剣で炎を避け、獅子の首を切り落とした。

（すごい……！）

流れるような戦いぶりに、素人目《しろうとめ》にも相当強いことが窺える。その上、戦い慣れしているという印象を受けた。先日セルジ村でも同じことを思った記憶がある。

「グアアッ……グゥ……グガアアアアア！」

中心の獅子の首を落としても左右の山羊と竜の頭はまだ生きていて、悶え苦しみながら、耳をつんざく怒りの咆哮《ほうこう》をあげた。

「ふぇ……うわあああん……！」

「……っ」

竜人の子の両目からは大粒の涙がぽろぽろとこぼれ落ちていて、こんなにも小さな子からすれば、怖くて仕方ないはず。

それでも近づいては余計怯えさせてしまうだろうし、一定の距離を取ったまま見守ることしかできない自身の無力さがやるせなくなる。

「うるさい」

ノア様はやはり冷静なまま、再びキメラへ向かっていく。

夥《おびただ》しい氷の攻撃を受けたキメラは叫びながら暴れ、竜の頭は闇雲に辺り一体に炎を吐き、山羊は竜巻のような風を起こす。

炎の熱気や強い風がこちらまで及ぶ中、折れた大きな木の枝が風で飛んでくるのが見えた。

「……っ！」

このままでは竜人の子に当たってしまうと、咄嗟《とっさ》に駆け寄って抱きしめ、そのまま地面に倒れ込んだ。肘や膝を擦りむいてしまい、じくじくと痛む。

それでも腕の中の竜人の子は無事のようで、ほっとした時だった。

「――え」

小さな身体からはパキパキという音がして、腕や足の一部が鱗《うろこ》に覆われていく。愛らしい顔からは表情が抜け落ち、真紅の両目は見開かれ、光が失われていた。

明らかに様子がおかしくて、動揺を隠せなくなる。

「ど、どうしたの……？」

角も伸び始めていて、まるで竜の姿になっていく――と思うのと同時に、脳裏に出発前のアイヴァンさんの言葉が蘇《よみがえ》る。

『ちなみに幼体は無理やり連れていこうとすると、危険を察知して竜化し、辺りにいる生物を皆殺しにしようとするので、気を付けてください』

この子は身の危険を感じ、竜化しかけているのだと気が付いた。

（どうしよう、どうすれば……）

このままでは私だって無事では済まないだろうし、連れて帰ることもできなくなる。

「今すぐにそいつを置いて離れろ！」

キメラと戦闘を続けるノア様もこの子の異変に気付いたのか、私に向かって叫んだ。その声音や表情からは、よほど危険な状況なのが伝わってくる。

ノア様の言う通り、本来なら今すぐにこの子を置いて逃げるべきなのだろう。

それでも。

（このままここに一人で置いていくなんて……）

もう夜になる以上、魔物に襲われる確率は上がるはず。高ランクの魔物だって、いつやってきてもおかしくはない。

現にBランクの魔物がこうして現れたのが、何よりの証拠だった。

「……っ」

一人ぼっちで寂しがりやで、こんなにも幼くて。

今だって、どうしようもなく怖い思いをして、自分の身を守ろうとしただけなのに。

「おい！　聞いているのか！」

ノア様の大声に、びくりと肩が跳ねる。今も息を吐く間もない戦いを繰り広げているのに、私のことを心配してくれているのだというのも分かっている。

けれど私は、ノア様に「もう少しだけ待ってください！」と返事をすると、なおも竜の姿に近づいていく男の子をぎゅっと抱きしめた。

「……すごく怖かったよね、ごめんね」

とんとんと優しく背中を撫《な》でながら、あやすように、落ち着かせるように声をかける。

硬化していく皮膚が服越しに刺さって痛みを感じたけれど、抱きしめ続けた。

「大丈夫だよ、もう大丈夫だからね」

安心してほしくて、何度も何度もそう繰り返す。

触れていると本当に軽くて小さくて、まだ守られるべき存在であることを実感する。

「怖い魔物だって、ノア様がすぐ倒してくれるから」

「…………」

「みんなで一緒に帰ろう」

そうして硬くなった小さな手を自身の手で包み、額を合わせた時だった。

温かな優しい青白い光が、突如私達の身体《からだ》を包み込む。

(な、なに……!?)

あまりの眩《まぶ》しさに目を細めながら、小さな身体を抱きしめる。

だんだんと光は弱まっていき、やがて目を開けた私の口からは驚きの声が漏れた。

「う?」

鱗に覆われていた腕は真っ白で柔らかなものに戻り、目には光が灯《とも》り、不思議そうな表情を浮かべていた。

理由は分からない。けれど竜化は防げたのだと悟り、安堵《あんど》で視界が滲《にじ》む。

「よかった……」

思わずぎゅっと抱きしめると「きゃっ」と可愛《かわい》らしい笑い声がして、また涙腺《るいせん》が緩んだ。

少し離れた場所ではドオンという激しい音が響き渡り、砂埃《すなぼこり》が上がる。

「ノア様……!?」

どうか無事でいてほしいと願う中、少しずつ砂埃が晴れていく。

やがて地面に横たわって動かなくなったキメラと、その側《そば》に立つノア様の姿が見えた。

（本当に、一人で倒したんだ……）

ノア様は大したことではなかったかのように、気怠《けだる》げな表情でその死体を見下ろしている。

もう全てに安堵してしまい、腰が抜けた私はその場にへたり込んだ。

ノア様はこちらへやってくると、私と腕の中にいる竜人の子を見つめた。

「怪我は？」

「大丈夫です、ありがとうございます」

手足は少し擦りむいたけれど、こんなの怪我のうちには入らないだろう。

改めてみんな無事で良かったとほっとしていると、ノア様に軽く頭を小突かれた。

「二度とあんな危険な真似はするな」

「……本当に、すみませんでした」

竜化しかけていた際、ノア様は何度も逃げるよう必死に声をかけてくれていた。今回はなんとか無事で済んだけれど、勝手な真似はすべきでないことも分かっている。

自らの行いを反省している私に、ノア様は「だが」と続けた。

「よくやった」

その一言に救われた気持ちになっていると、不思議そうな顔で私達を見つめる竜人の子を、ノア様はくいと顎《あご》で指し示した。

「どうかし――はっ」

ノア様が何を言わんとしているのか理解するのに少し時間を要したものの、急ぎポケットからブレスレットを取り出す。

そして私の腕の中で大人しくしている竜人の子の手首にブレスレットを嵌《は》めると、中央の宝石が輝き、細くて柔らかな腕ぴったりまで縮んだ。

赤い瞳《ひとみ》でキラキラと輝くブレスレットを見つめ、嬉《うれ》しそうにしている。

「これで任務完了、ですかね……？」

「ああ」

色々とあったせいで当初の目的が頭から抜け落ちてしまっていたものの、あとはこの子を連れて王城へ帰るだけだろう。

いつの間にか完全に日は沈んでいたけれど、魔物を避けて進み、私達は馬車へと戻った。


帰りの馬車に揺られながら、竜人の子は物珍しげに窓の外を見つめている。

すっかり私達に心を許してくれたようで、大人しく私の膝の上に座ってくれていた。

時折「月」とか「木」とか外を指差しながら簡単な言葉を教えると、舌足らずな発音で一生懸命に真似をしてくれるのが可愛くて仕方ない。

「そういえば、なんて呼べばいいんでしょう？　名前とかってあったり……？」

「お前がつければいいだろ」

「えっ」

向かいで眠そうな顔をしたノア様は、簡単にそう言ってのける。

そんな責任重大な、と思ったものの「なあえ！」とキラキラした目で見つめられてしまい、しばらく悩みに悩んだ結果、私は柔らかな頬に触れた。

「じゃあ、フレイはどうかな？　私の住んでいた世界の炎って言葉から取ったんだ。すごく綺麗《きれい》な赤い瞳だから、ぴったりだと思って」

英語の「フレイム」から人名である「フレイ」をとったものだ。それでいて「フレイ」は北欧神話における豊穣《ほうじょう》の神の名前であり、神々しいこの子にはぴったりだと思った。

ノア様にも説明したところ「いいんじゃないか」と言ってくれて、ほっとする。

「ふれい……？」

竜人の子はやがて、ぱあっと表情を明るくした。

小さな両手で聖女服をぎゅっと掴《つか》み、顔を近づけてくる。

「ふれい！　ふれい！」

「気に入ってくれたなら良かった。改めてよろしくね、フレイ」

「ふれい！」

「ふふ、分かったから」

よほどお気に召してくれたらしく、何度も繰り返す姿に頬が緩む。

喜んでくれて良かったと思っていると、フレイはノア様に向かって両腕を伸ばした。

「ぱぱ！」

どうやら最初の作戦の時に「パパ」と紹介したのを覚えていたらしく、そう呼ばれたノア様は分かりやすく眉《まゆ》を寄せる。

「違う」

「ぱぱ！」

「…………」

「ぱぱ！　ぱぱぱ！」

「……来い」

押し負けたらしいノア様はフレイの腕の下に両手を差し入れ、ひょいと持ち上げる。そして抱きしめるように自身の膝《ひざ》の上に乗せ、軽く背中に手をあてて支えた。

実は以前ノア様が猫と戯れている姿を見かけた際、動物好きだという話を聞いたけれど、小さな子どもも好きなのかもしれない。

「なんだその顔は」

「本当のお父さんみたいだなって」

「馬鹿なことを言うな。そもそもお前が妙なことを教えたせいだろ」

「ノア様と両親のふりをするよう言われたから、仕方なくです」

そうしていつものトーンで話をしていると、私達の間の険悪な空気を感じ取ったのか、みるみるうちにフレイの両目に涙が溜《た》まっていくことに気付く。

「う……うあああん！」

「おい、なんとかしろ」

「そ、そんなこと言われても……ほ、本当は仲良しだよ！」

「びえええん！　うあーん！」

「……はあ」

――そして結局、フレイが泣《な》き止《や》んで眠りにつくまで、私達はぴったりとくっついて、仲睦《なかむつ》まじいふりをし続けることになる。


その後、日付が変わった頃、無事に王城に到着した。

すやすやと眠るフレイは、王城の敷地内にある離宮で育てられることになるらしい。既にフレイの世話係も決まっていて、とても穏やかで優しそうなご夫婦だった。

「こまめに会いにきてあげてください。竜人の幼少期はあっという間に成長するので」

「はい、そうします」

幼少期は人間の数十倍のスピードで成長するらしく、あっという間に少年の姿になるという。そこから成長は緩やかになり、数百年もの時を生きるそうだ。

「また来るね」

柔らかな金髪を撫で、後ろ髪を引かれる思いで部屋を後にした。

薄暗い深夜の廊下を、ノア様と歩いていく。

「色々ありましたが、無事に見つかって良かったですね」

「ああ」

迷わず返事をしたノア様も、きっと内心は安心しているに違いない。

どうかこれから先、穏やかに健やかに、幸せにすくすくと育ってほしいと心から思う。

（……本当に、可愛かったな）

たった半日弱一緒にいただけなのに、寂しさを感じてしまう。

「近いうち、一緒にフレイに会いに行きましょうね」

「暇があればな」

別れ際のノア様の返事は曖昧《あいまい》なものだったけれど、不思議と一緒に会いに行ってくれるという、予感に似た確信があった。

◇◇◇

昨晩フレイを預けて自室へと戻り、お風呂《ふろ》に入って眠ったのが遅い時間だったせいか、今朝はなかなか布団から出られず、ニコラさんに起こしてもらった。

「ふわあ……ありがとうございます」

「おはようございます。本当はまだお休みになりたいでしょうに……」

「いえ、大丈夫です！　とっても楽しみにしていたので」

今日はセシルとの約束がある以上、集合時間までにしっかり準備をしておかなければ。

それからはいつも通り朝食を食べて身支度を終え、待ち合わせ場所である城門へと向かう。

するとまだ待ち合わせの十分前にもかかわらず、馬車の前にはセシルの姿があった。

慌てて駆け寄ると、セシルは私を視界に捉《とら》えた途端、ふわりと微笑《ほほえ》んだ。

「カレン、おはようございます」

「おはようございます。ごめんなさい、お待たせしましたか？」

「いいえ、僕も今来たところです。お手をどうぞ」

瞳の色によく似た空色のジャケットを着たセシルは、そっと手を差し出してくれる。そんな仕草ひとつも王子様そのもので、見惚《みと》れてしまう。

その手を取って馬車に乗り込むと、すぐに王都の街中へ向けて発車した。

「今日はお忙しい中、ありがとうございます。セシルが誘ってくれなければ、こうして自由に外出する機会はいつまでもなかったと思うので」

「いいえ、僕も久しぶりにゆっくり街中の視察ができそうで良かったです。行きたい場所は決まりましたか？」

「はい！　まずは国立図書館に行きたいです」

そう答えると、セシルは虚をつかれたような顔をした。

「……本当に図書館でいいんですか？」

「調べものや勉強をしたくて……あ、でもその後は街中を見て回りたいなと思っています」

「君らしいですね。分かりました、ぜひそうしましょう」

セシルは綺麗に口角を上げ「楽しみです」と言ってくれる。

私も聖女の仕事以外の外出や街中に行くのは初めてで、胸が弾むのを感じていた。

「でも、第一王子であるセシルが普通に歩いていたら、すごく目立つんじゃゃ……」

「それなら問題ありません」

セシルがジャケットの胸ポケットから取り出したのは、丸いレンズのメガネだった。

「このメガネは認識阻害効果のある魔道具なので、かけていると大抵は気付かれないんです」

セシルをよく知る人には効果がないものの、基本的にはバレずに行動できるんだとか。

実際にかけてみてくれたけれど、確かに私からするといつも通りのセシルがただメガネをしているようにしか見えない。

「そんな便利なものがあるんですね。それにものすごく似合ってます」

「ありがとう」

これくらい褒められ慣れているはずなのに、セシルは少し照れたように微笑む。

「君こそ今日のドレスも、よく似合っています」

「ありがとうございます。いつも素敵なお洋服を用意していただいて嬉しいです」

今日の私はニコラさんコーディネートのお出かけスタイルで、あまり目立たないよう紺色と白の落ち着いたシャツワンピース風のドレスを身に纏《まと》っている。

髪型は緩い編み込みのアップヘアで、ドレスと同じ紺色のリボンで結んでくれていた。

「改めて今日はよろしくお願いします」

「はい、こちらこそ」

王城の外に出られる貴重な機会だし、少しでも多くのものを見て、触れたいと思っている。

図書館に到着するまでの間も、セシルは窓の外に見える建物などを丁寧に説明してくれた。

裏口から入った国立図書館は想像していた数倍大きくて、かなり見上げないと視界に入らないほど高い天井まで三百六十度、本がびっしりと壁一面に並んでいた。

膨大な蔵書は全て魔法によって管理されていて、読みたい本が一瞬で手元に届くシステムには感動してしまった。

二週間の間、一人十冊まで借りることができるらしく、異世界に関する本や魔法に関する本をいくつか借りて帰ることにした。

「わあ……」

図書館の表玄関から外に出ると、賑《にぎ》やかな街並みが広がっていた。

表玄関は大通りに面していて、道路沿いには様々な店が立ち並んでいる。

雑貨屋やパン屋など元の世界にもあるような店だけでなく、魔道具店や武器屋など、見慣れないお店も多い。

薬草や魔法薬の専門店などもあり、気になってしまう。

（本当に小説や映画に出てくるファンタジー世界みたい）

貴族から平民、子どもから大人まで大勢の人が行き交っており、みんな表情は明るく生き生きとしていて、街全体が活気に溢《あふ》れていた。

「とても素敵な街ですね」

「ありがとう。気になるものがあれば見ていきましょう。時間はまだまだありますから」

「はい、ありがとうございます！」

セシルの気遣いに感謝しつつ、せっかくなのでお言葉に甘えることにした。

まずは気になった魔法薬のお店に足を踏み入れると、こぢんまりとした店内にはカラフルな液体や錠剤の入った瓶が所狭しと並んでいた。

「やっぱり回復ポーションってあるんですね」

「はい。ポーションは低級から上級まであって、上級となると貴重でかなり値は張りますが、大半の怪我は治せます」

「なるほど……あ、このお店には中級までしかないんだ」

足を止め、水色の液体が入った小さなガラス瓶を手に取ってみる。低級ポーションは５００リル、中級ポーションは５０００リルと書かれていて、十倍も値段が違う。

ちなみに日本円に換算すると、１リルは10円くらいの感覚のようだった。セシルによると上級ポーションは50万リルらしく、文字通り桁違《けたちが》いの価格に驚きの声が漏れる。

「どうやって作ってるんだろう……」

「僕で良ければ今度、教えましょうか？　低級ポーションなら僕にも作れるので」

陽の光に小瓶を透かしながら何気なく疑問を口にすると、そんな提案をされた。

「えっ、セシルも作れるんですか？」

「はい。低級程度ならアカデミーの魔法薬学の授業で作りましたから」

「アカデミー？」

「この国では王族や貴族、一部の平民は十二歳から十八歳までアカデミーに通うんです。国学や異国語、そして魔法まで広く学ぶことができます」

セシルもアカデミーに六年間通い、多くのことを学んだという。男女共学で寮もあり、剣術大会や卒業パーティといったイベントもあるんだとか。

（そっか、セシルも学校に行っていたんだ）

鏡越しに私が学校での話をするたび、セシルはいつも興味深そうに話を聞いてくれていた。

アカデミーについて話すセシルの様子からは、良い思い出が多かったことが窺《うかが》える。

私は手に持っていたポーションの小瓶をそっと棚に戻すと、セシルに向き直った。

「よければ後で、アカデミーの話を聞かせてくれませんか？」

「はい。より深く知りたいのなら、資料を用意しますよ」

「いえ、セシルの学園生活の話を聞きたくて」

思わず素直な気持ちを口に出すと、セシルは「え」と戸惑いの声を漏らした。

その反応を見て、はっと我に返る。

過去のことを話せない以上、妙に思われたかもしれない。

「あっ、いえ……その、実体験を聞きたいというか……なんというか」

しどろもどろになる私を見て、セシルはくすりと笑う。

「僕の話で良ければ、喜んで。昼食をとりながらでも」

「は、はい！　ありがとうございます」

そんな言葉にほっとしながら、笑顔を返す。

それからも様々なお店を見て回り、実際に街の人々と話をしたり買い物をしたりして、この国の文化や人々の暮らしに触れることができた。

ずっと王城という狭い環境にいて、どこかぼんやりとしていたこの世界が少しずつ、自分の中で形作られていくのを感じていた。


あっという間に時間は過ぎていき、セシルが予約してくれているというレストランで少し遅い昼食をとることにした。

歩いていける場所にあるらしく、人混みの合間を縫って歩いていく。

ちなみにセシルはさりげなくドアを開けてエスコートしてくれたり、こまめに「疲れていませんか」「荷物、持ちますね」と気遣ってくれたり、どこまでも完璧《かんぺき》な王子様だった。

「それにしても、本当に誰もセシルだって気付かないものなんですね」

「はい。公務以外の外出時には欠かせません」

とはいえ、第一王子だと認識されていないだけで、端整な顔立ちは隠しきれていないのか、すれ違う女性達はセシルを見ては頬を染めている。

（……セシルとこうして一緒に歩いているなんて、改めて不思議な感じ）

そんなことを考えていると、前から歩いてきた男性が不意に足を止めた。

「――セシル？」

そして紡がれた名前に驚いて顔を上げると、アメジストに似た瞳《ひとみ》と視線が絡む。少し長めの紺髪の間で、大きな金のピアスが揺れていた。

「こんなとこで何してんの？　しかもあのワガママ女じゃない女を連れてるし」

「ライナスこそ、ここで何を？」

「ちょっとこの辺に用事があってさ」

どうやらセシルの知人らしく、二人はかなり親しげな雰囲気だった。

「すみません。彼は僕の友人で、ここから少し離れた場所にあるアギレラ王国の第七王子のライナスと言います」

「どーも、セシルとはアカデミーからの仲なんだ。ライナスでいいよ」

人懐っこい笑顔と右手の指先をひらひらと動かす男性もまた王子様らしく、こんなにもセシルに対して気安い態度であることにも納得がいく。

私はこの世界に来てから繰り返し練習をした礼をして、笑顔を向けた。

「初めまして、カレンです」

「彼女が二人目の異世界人で、聖女のカレンだ。イチカの姉でもある」

「へえ、あいつの。同じ異世界人の姉妹でも全然違うのな」

顎《あご》に手をあて興味深そうに私を見つめるライナス様は容姿が優れているだけでなく、色気に溢れた大人の男性というオーラを纏っていて、周りの女性達の視線をかっさらっている。

セシルとはまさに、正反対の雰囲気だった。

「そもそも、なんで二人で出かけてんの？　今までこんなことなかったじゃん」

「王都を案内していただけだ」

「すっごく楽しそうにしちゃってさ、良いねえ」

ライナス様はからかうようにセシルの肩に腕を回し、セシルは呆《あき》れた表情を浮かべている。

いつも穏やかなセシルのこんな様子は初めてで、なんというか友人に見せる素の姿、という感じがして新鮮だった。

ライナス様は再び私へ視線を向け、人のよい笑みを浮かべる。

「セシルってさ、ずー――っと色んなことを我慢してんの。だからさ、癒やしてやって」

「……ライナス」

セシルは咎《とが》めるように名前を呼んだけれど、ライナス様に気にする様子はない。ライナス様の口調は軽いものだったけれど、その言葉は本音であり、事実な気がした。

第一王子という立場である以上、セシルは生まれながらに大勢の人々の期待を背負い、多くの制約のもとで、私には想像もつかないくらいの重圧を感じているはず。

「まあ、これ以上邪魔をしたら怒られそうだし、もう行くよ。セシルをよろしくね、カレン嬢」

「は、はい！」

「いい返事」

そう言って楽しげに去っていくライナス様の背中が、次第に小さくなる。なんだか嵐のような人だったと思っていると、セシルは眉尻《まゆじり》を下げて微笑《ほほえ》んだ。

「騒がしくてすみません。あんな態度ですが、悪い奴《やつ》ではないんです」

「はい、伝わっています。すごく仲が良いんですね」

「……そうですね。同じ王子という立場で対等に話ができるだけでなく、ライナスの明るさには昔から救われていますから。一番の友人です」

ライナス様が去った方向を見つめながらそう話すセシルの眼差しは穏やかなもので、とても大切な友人であることが窺えた。

同時にふと、過去のセシルとの会話が蘇《よみがえ》る。

『友達ってどんな感じなんだろう。イチカにはきっと、たくさんいるんだろうな』

『セシルにもいずれ絶対にできるよ。こんなに良い子なんだもん』

『……そう、かな。そうだといいな』

昔のセシルはどこか不安げで、諦《あきら》めたように話していた記憶があった。

けれど今はこうして心を許せる素敵な友人がいることに、胸がいっぱいになる。

「またお会いできると嬉《うれ》しいです。ライナス様から見たセシルの話、もっと聞きたいですし」

「余計な話ばかりをされそうで、僕は不安です」

困ったように肩を竦《すく》めるセシルと顔を見合わせて笑い、私達は再び歩き出した。

それから数時間後、帰りの馬車に揺られながら、私は向かいに座るセシルに頭を下げた。

「今日は本当にありがとうございました。すごく楽しかったです」

「こちらこそ。とても楽しい時間でした」

初めて自由に王城の外で過ごした今日一日はとても勉強になったし、気分転換にもなった。

誰よりも忙しいはずなのに、こうして私のために時間を作ってくれたことも、昔みたいに他愛《たわい》のない話がたくさんできたことも。

そしてセシルの一番の友人に会えて、私が知らないこの十四年間のセシルのことを知ることができたことも、全て嬉しかった。

「セシルのお蔭《かげ》で明日からまた頑張れそうです」

「僕もです。この先も困ったことがあれば、いつでも言ってくださいね」

「はい、ありがとうございます」

いつもセシルが言ってくれるその言葉に、私だってどれほど救われているか分からない。

そんな優しいセシルのためにも、これからも頑張っていきたいと思う。

(……そしていつか、本当のことを伝えられるといいな)

そう心の中で願いながら、私は茜色《あかねいろ》に染まる街並みを見つめ続けていた。

◆第六章　不思議な子

セシルと出かけた数日後、私は豪華な食堂にて再び重くて苦しい沈黙に苛《さいな》まれていた。

「…………」

「…………」

「…………」

「…………」

不機嫌さを隠そうともしないノア様、一応は笑みを作っているものの普段とは違って表情の固いセシル、そして唇を真横に引き結び冷めた表情を浮かべる華恋。

豪華な朝食が並ぶテーブルを囲む四人全員、誰もが口を開こうとせず、張り詰めた雰囲気に冷や汗が止まらない。

——今から三十分前に「陛下が呼んでいる」と突然告げられ、今に至る。

この四人で集まるのはノア様が華恋に腹を立てて強制終了した晩餐《ばんさん》以来で、とんでもなく気まずい。ノア様は苛立《いらだ》った様子で溜《た》め息《いき》を吐《つ》き、長い脚を組み替えている。

(そもそも、今回はどうして呼ばれたんだろう……？)

陛下はもう少し後に来るらしく、今は朝食にも手を付けず、待つことしかできない。

一秒でも早く来てほしいと願いながら、目の前に置かれたパンを見つめていた時だった。

「ねえ、カレン」

この沈黙を破ったのは華恋で、ぱっと顔を上げる。

目が合った華恋は口元に手を添え、真っ赤に塗られた唇の片端を釣り上げた。

「セシルにあんまり近付かないでくれる？」

突然の発言に、私だけでなく華恋の隣に座るセシルも困惑しているようだった。

華恋は頬に手をあて、大袈裟《おおげさ》に溜め息を吐く。

「セシルの誰にでも優しくて困っている人を放っておけないところも好きなんだけど、婚約者である私の立場も考えてほしいの。他の女性と親しくしているなんて、とても辛《つら》くて……」

悲しげな顔をして、華恋はノア様へちらりと視線を向ける。

「あなたにも素敵な婚約者がいるんだし」

「……はっ、どの口が」

華恋の方も見ずに、ノア様は呆れたようにそう言い捨てた。

一方、セシルも華恋に対し、厳しい眼差しを向けている。

「──イチカ」

そう呼んだ声はこれまで聞いたことがないくらい、低くて冷たいものだった。本気で怒っているのが伝わってきて、息を呑《の》む。

けれど華恋は、全く意に介していない様子で笑みを浮かべている。

「本当のことでしょう？　それとも他に何か理由が？」

「…………」

「王妃様だってお怒りになっていたわ」

鼻で笑う華恋に対し、セシルは何も言わないまま。

そんな様子を見ながら、華恋の言っていることも間違いではないと思っていた。

私は結局、十歳だったセシルとの思い出が忘れられず、貴族社会における婚約者というものへの理解も浅かったことで、甘えすぎていたように思う。

――とはいえ、この世界に来てから理不尽な扱いを受け続ける中で、いつだって優しいセシルに救われていたのも事実だった。

「……ごめん、距離感には気を付けるようにする」

「あら、ずいぶん物分かりがいいのね」

くすりと笑う華恋をまっすぐに見つめ、私は「でも」と続ける。

「私とセシルがそういうのじゃないって、一番よく知ってるよね？」

はっきりとそう言ってのけると、華恋は苛立ったように眉《まゆ》を寄せた。

私が幼いセシルとどんな思いで交流をしていたのか、どれほど大切に思っていたのか、華恋だって知っているはず。

「……何よそれ」

やがて華恋は俯《うつむ》き、暗い声でそう呟《つぶや》いた。

「あなたは昔から周りに取り入って甘えるのが得意だものね。海斗にもいつも頼り切って」

「えっ？　海斗……？」

なぜここで幼馴染《おさななじみ》の海斗の名前が出てくるのか、分からない。

それこそ海斗だって兄妹《きょうだい》のように育って、一緒にいるのも当たり前だったのに。

「海斗だけじゃない、お父さんとお母さんだって……！」

テーブルに両手を突き、華恋はガタンと立ち上がる。こんな風に取り乱す姿だって見たことがなかったけれど、今の華恋の発言は許せそうになかった。

（華恋がいなくなってから、二人がどれほど心配していたのかも知らないで……）

思わず私も立ち上がり、声を上げてしまう。

「お父さん達はずっと心配して――」

「すまない、待たせたな」

けれど私の言葉と重なるように、凛《りん》とした陛下の声が食堂に響いた。

その一声で、私だけでなく華恋も冷静になったのか、ぐっと唇を噛《か》んで席に着く。

私達のやりとりを聞いていたセシルは戸惑い、気遣うような表情を浮かべていたけれど、ノア様はいつも通りの無表情だった。

陛下も席に着き、ようやく食事が始まったものの、前回よりもさらに雰囲気は悪く、地獄のような空気の中で黙々と手を進める。味なんてもう分からない。

なおも誰も声を発さない中、ずっと穏やかな笑みを口元に浮かべる陛下が口を開いた。

「実はお前達に頼みがあってな」

「頼み、ですか」

セシルの問いに、陛下は深く頷《うなず》く。

「ああ。毎年、第二都市であるロムリへ隣国のベルデバ国王の訪問があるだろう」

「はい」

第二都市ロムリ、隣国のベルデバ、という初めて聞くワードに首を傾《かし》げていると、陛下はセシルによく似た柔らかな微笑みを向けてくれた。

「友好国であるベルデバの国王を私とセシル、ノアが交代で出迎えているんだ。そして今回、国王が異世界人――聖女が二人いることに大変興味を示されていてな。ぜひ会いたいと」

陛下は「我が国は魔鉱石をベルデバからの輸入に頼っている手前、断りにくいんだ」と苦笑いを浮かべる。魔鉱石というのは確か、魔道具を作るのに必須《ひっす》なものだったはず。

「そこで今年はセシルとノア、そして聖女二人で行ってほしい」

「え……」

予想外の展開に、いつも落ち着いているセシルでさえ、戸惑いの声を漏らした。

ノア様や華恋も困惑しながら、陛下を見つめている。

「頼めるか」

「分かりました」

陛下の問いかけに対し、セシルは頷く。

「……はい」

ノア様も陛下の言うことは絶対なのか素直に返事をしていて、私も「は、はい」と続けて返事をした。華恋だけはむすっとしたまま、無言を貫いている。

各々の様子を見た陛下はふっと笑い、席を立つ。

「ではよろしく頼んだぞ。出発は二週間後、滞在期間は一週間だ」

それだけ言い、陛下は食堂を後にする。

再び当初の四人になり沈黙が流れる中、私は今しがた起きたことを脳内で整理していた。

第二都市とか隣国の国王陛下とか、よく分からないことばかりだったけれど、ひとつだけ確かなことがある。

（つまりこの四人で、しばらく一緒に過ごさなきゃいけないってこと……!?）


食堂を出た後はまっすぐ、フレイのいる離宮へと向かった。

王城から少し離れた静かな場所にあり、木々に囲まれたアイボリー色の建物の前には大きな池や小さな花畑もあって、今度フレイと一緒に散歩をしたいと思っている。

「まま？」

「うん、ちゃんと見てるよ！　すごく上手《じょうず》！」

そして今は離宮の一階で、上手に積み木をして遊ぶフレイをしっかりと見守っている。

――先日は布一枚を身体《からだ》に纏《まと》っているだけだったけれど、今は最高級であろう貴族用の子ども服を着ていて、さらに輝きや愛らしさが増していた。

「フレイ様はカレン様と一緒にいらっしゃる時が一番嬉しそうですね」

フレイのお世話係の女性は二十代の伯爵夫人だそうで、その隣には穏やかそうなご主人の姿があった。元々王城に勤める文官で、これからはフレイの教育係を兼ねるらしい。

今後フレイはきちんとした教育を受けながら大切に育てられ、大人になった後の身の振り方もフレイ自身に選ばせるという。

(大切にされているみたいだし、フレイも安心して過ごせているみたいで良かった)

安堵《あんど》しながら、一生懸命に色とりどりの形の積み木を積み上げる小さな背中を見つめる。

広々とした可愛《かわい》らしい部屋の中には、既に多くのおもちゃや本が用意されていた。

「この辺りのものは全て、第二王子殿下が用意してくださったんですよ」

「ノア様が？」

なんとフレイを王城に迎えた翌日にはもう、ノア様の使いという人々が届けに来たそうだ。

ノア様からだと話すと、フレイもすごく喜んでいて、大事に遊んでいるらしい。

「……ふふ」

あんなに普段は仏頂面でツンツンしているのにと、笑みがこぼれる。

次にここへ来る時は誘ってみようかな、なんて考えたりもした。

それからも一時間ほどフレイと楽しく遊び、そろそろお暇《いとま》することにした。

まだまだ一緒にいたいけれど、ロムリに行って隣国の国王陛下にお会いする以上、無知のままでいては粗相をしてしまう可能性がある。

この国の代表の一員として行くのだから、しっかり勉強をしなければ。

「今日はもう帰るね。遊んでくれてありがとう」

「いや！　や！」

「うっ……」

きゅっと私のドレスのスカートを掴《つか》み、涙目でいやいやと首を振る姿に心が揺らぐ。

それでも心を鬼にして、柔らかなほっぺたを両手で包んだ。

「ごめんね、また遊びに来るから」

「すう？」

「うん、すぐに来るよ」

ロムリへ向かった後は、しばらく会えなくなる。フレイもまだこの環境には慣れていないだろうし、それまではなるべく顔を出しに来ようと思っている。

何より私自身、こうしてまっすぐに懐いてくれる可愛いフレイと過ごす時間は癒やしで、ずっと一緒にいたいくらいだった。

「うー」

「ごめんね、またね」

結局、伯爵夫人に抱っこされながら帰ってほしくないと泣くフレイに手を振り、胸を痛めながらも、私は図書館へと向かったのだった。

◇◇◇

今日は天気も良いため、私は王城の庭園内にあるガゼボで借りてきた本を読んでいた。

柱の間からは柔らかな日差しが差し込み、爽《さわ》やかな風が花の甘い香りを運んでくる。

「ラングフォード王国とベルデバ王国の友好条約は、約五十年前に――……」

想像以上に覚えることは多く、必死に頭に叩《たた》き込《こ》んでいく。

少し前まで普通の大学生として過ごしていたのに、国の代表として他国の国王陛下を出迎えるなんて荷が重すぎる。不安やプレッシャーもかなりあった。

まだまだマナーだって完璧《かんぺき》ではないし、再び息を吐《つ》く間もない日々になりそうだ。

(朝食の後に華恋に話しかけたけど、無視されちゃったし……)

食堂を出てすぐに声をかけにいったけれど、思いきり無視をされてしまった。

海斗のことも含め、華恋の真意が気がかりで仕方ない。

今回の旅の中で、絶対に二人きりできちんと話をしたい。四人でしばらく過ごす以上、きっとチャンスはあるはず。

「……よし、気分転換に魔法の勉強をしよう」

読んでいた歴史書を閉じて、テーブルの上に積み上げてある古びた本を手に取る。

司書さんに尋ねたところ、これが一番分かりやすい魔法の基礎に関するものらしい。

（セシルには偉そうなことを言っちゃったけど、まだまだ先は長そう）

家庭教師の男爵夫人やアイヴァンさんなど、色々な人に聞いて回ったものの、私に魔法を教えてくれる人はいないようだった。

華恋との扱いの差になんとも言えない気持ちになりながら、ページを捲《めく》っていく。セシルにこれ以上頼るわけにはいかないし、ノア様が基礎から教えてくれるとも思えなかった。

「まずは体内の魔力の流れを感じ取り、出力の強弱を身に付けましょう……？」

今まで何度か魔法を使ったものの、冒頭から既によく分からない。

習うより慣れろでなんとかやってきたけれど、何事においても基礎は大切だし、きちんと学んでおきたかった。

「こ、こう……？」

本を片手に右の手のひらを見つめ、ぽわんと魔力を出してみる。

青白い光が出たけれど、魔力の流れというのもいまいち感じ取れない。魔力を多く出すことはなんとなくできるものの、抑えるのがかなり難しいことにも気が付いた。

川の浄化はとにかく思いきりやれば良かったけど、魔力も無限ではない以上、無駄遣いをしないようにすることも大事なはず。

「むむ……」

とにかく集中して、なんとか魔力を感じ取ろうと試行錯誤していた時だった。

ふっと前から影が差すのと同時に、ふわっと甘い花の香りが鼻をくすぐる。

「――何をしている?」

ぱっと顔を上げると、じっと私を見つめる六、七歳くらいの女の子と目が合った。

輝く長い銀髪は空色のリボンでツインテールに結われ、白と紺を基調としたワンピースと共に風で揺れている。そのデザインは神殿の人々が着ているものによく似ていた。

大きな金色の猫目が印象的で、恐ろしく整った顔立ちをしている。

(すっごく綺麗《きれい》な子……でも、どうしてここに?)

私が今いるこの場所には、一般の人は立ち入れないはず。

子どもが一人で迷い込むなんておかしいと思っていると、女の子はとん、と一歩こちらへ近づいて私の手元の本を覗《のぞ》き込んだ。

「へえ、聖属性魔法の使い方が知りたいのか」

「……え」

この本は「魔法の扱い方」の基礎の本であって「聖属性魔法」とはどこにも書いていない。

私が聖女だと、知っていたのかもしれない。

「なぜだ?」

「なぜって……せっかく聖女の力があるのに使わないのはもったいないし」

女の子は静かに、太陽によく似た瞳《ひとみ》をじっと私へ向けている。

「自分の身を守れるようになって、私が助けられるだけの人は助けたいので」

上手《うま》く言葉にできたかは分からないけれど、素直な気持ちをそのまま口にした。

するとー瞬、金色の瞳がきらっと輝く。

「……そうか」

そして子どもらしくない笑みをふっと口元に浮かべ、真っ白な手をこちらへ伸ばした。

そのまま小さな柔らかい手で、両手をきゅっと掴まれる。

「それなら、私が教えてやってもいい」

「えっ？　ええ？」

こんなにも小さな子どもが魔法を？　と戸惑ったものの、堂々とした態度や余裕のある表情のせいか、どこか大人びて見えた。

「このまま私に魔力を流してみろ」

「で、でも……」

「大丈夫だから」

その言葉には妙な説得力があって、両手を握り返し、言われた通り魔力を流してみる。

人に魔力を流すということ自体初めてだけれど、問題はないみたいだった。

(なんだろう、これ……温かくて心地よい感覚がする)

小さな手を通して、何かが身体に流れ込んでくる。

「私の魔力を感じ取れるか？」

「は、はい」

「他人のものは分かりやすいからな。体内を巡っていく感覚を覚えるんだ」

目を閉じると魔力が全身を回っているのが、より分かる。

そうしているうちに、この子の魔力と自分の魔力の違いも少しずつ分かっていく。

「お前のはまだ強い、私の魔力に合わせろ」

「わ、分かりました！」

脳内で思い描くだけでは難しかったけれど、実際にお手本となるものがあるだけで、ぐんとイメージがしやすくなる。

「慌てず、ゆっくり少しずつ抑えればいい」

「はい」

繋《つな》いだ両手からは、すごく綺麗で強い魔力だということが伝わってくる。

私は再び目を閉じて、身体に流れる二つの魔力に集中した。


三十分ほどして「まあ、これくらいで十分だろう」という言葉により、練習は終了した。

「ありがとう！　この短時間でかなりコントロールできるようになった気がする」

最初は半信半疑だったけれど、指導は的確でとても分かりやすかった。

『あの、あなたの魔力……そうだ名前、なんて呼べばいいかな？』

『レヴィでいい』

練習中の会話の中で知ったことだけれど、彼女はレヴィちゃんというらしい。

どこから来たのか、どうしてここにいるのかなど、名前以外は教えてくれなかった。

「レヴィちゃんはこんなに小さいのにすごいね！」

「光魔法と聖属性魔法は似ているからな、っておい、やめろ」

ぎゅっと抱きしめて頬を合わせると、やっぱり甘い花の香りがした。

レヴィちゃんは冷静に「不敬だぞ」なんて言いながら、私の顔をぐいぐいと押している。

「本当にありがとう！　魔法を教えてもらえて、すごく嬉《うれ》しい」

「……そうか」

きっと本当は一人で学ぶことに、不安を感じていたんだと思う。

だからこそ安堵し、ついはしゃいでしまいながら改めて感謝の気持ちを伝える。

するとレヴィちゃんは柔らかく目を細め、小さな唇で弧を描いた。

「次は治癒魔法について教えてやる」

「あ、ありがとう……！　よろしくお願いします」

「私のことは他の奴に話すなよ」

それだけ言うと、レヴィちゃんは私に背を向け、去っていく。

小さくなっていく背中に「またね」と手を振りながら、本当に不思議な子だとつくづく思う。

幼くて愛らしい容姿とは裏腹に大人びて落ち着いていて、魔法への造詣《ぞうけい》も深い。

（レヴィちゃんって、何者なんだろう）

とにかく次に会えた時にはお礼をしようと決めてガゼボに戻り、再び本を手に取った。

おもちゃとかお菓子がいいかな、なんて思いながら。

◆幕間

日が落ちかけて橙《だいだい》色《いろ》に染まる神殿内の廊下を歩いていると、背中越しにぱたぱたという足音が聞こえてくる。

振り返らずとも、すぐに誰かは分かった。

「レヴィエン様！」

足を止めずに歩き続ける私の側《そば》までやってくると、部下であり神官であるジェフリーは「ふう」と大袈裟《おおげさ》に息を吐《つ》いてみせた。

ジェフリーの一つに結んだ栗色の長い髪と白いローブが、視界の端で揺れる。

「どちらへ行かれていたんですか、探したんですよ」

「少し散歩をしていただけだ」

「またそんな可愛《かわい》らしい姿をして！　攫《さら》いますよ！」

「殺すぞ」

いつだって不敬な部下を睨《にら》み、息を吐く。今や私にこんな生意気な口を利く人間など、ジェフリーくらいなものだった。

そう考えてすぐ、今日また新たにもう一人増えたことを思い出し、小さく笑みがこぼれる。

「この姿は何かと便利なんだ」

変身魔法を解き、幼い子どもの姿から本来の姿――大人の男の姿へと戻れば、ジェフリーは分かりやすく残念な顔をした。

「今日はやけにご機嫌ですね？」

「ああ、異世界人も捨てたものじゃないな。今回のは過去三人よりまともそうだ」

身に余る強い力や権力は、人の本性を曝《さら》け出《だ》させる。

その結果、欲に塗《まみ》れて手が付けられなくなった者を、これまで数えきれないほど見てきた。

『なぜって……せっかく聖女の力があるのに使わないのはもったいないし』

『自分の身を守れるようになって、私が助けられるだけの人は助けたいので』

だが、あの言葉は心からのものだった。

真実を見極められるこの瞳の前では、どんな嘘も意味を為さないのだから。

「それは良かった。僕もお会いしてみたいものです」

「次に会う時、連れていってやってもいい」

「……本当にお気に召されたんですね」

ジェフリーは驚いた顔をしたものの「ですが」と続ける。

「あまり肩入れしては、余計なトラブルの元ですよ」

「分かっている」

それは聖女に限らず、全てに対して言えることだった。

「私はこの神殿の長《おさ》として、中立を保たなければならないからな」

自身の身の振り方ひとつで様々な均衡が簡単に崩れてしまうことくらい、理解している。

だが、そろそろ変革をもたらすのも悪くないと、口角を上げた。

「――建前としては、だが」

◆第七章　眩《まぶ》しいもの

ロムリへ出発するまで、あと十日となった今日。私は聖女としての仕事をするため、王城内の指定された部屋へと向かっていた。

「……本当、扱いが雑すぎる気がするんだけど」

廊下を歩きながら、独《ひと》り言《ご》ちる。

一度はほんの少しだけマシになったと思ったけれど、今日は「指定した部屋に行くように」としか言われておらず、どんな仕事をするのかという説明すら受けていない。

もやもやとした気持ちを抱えながら、到着した部屋のドアをノックする。

「どうぞ」

そして中から聞こえてきた予想外の声に、手のひらを握りしめたまま固まってしまう。

するとドアが開き、私を出迎えてくれたのは、やはりセシルだった。

「どうしてセシルが……」

戸惑いを隠せない私に、セシルは「とりあえず中へどうぞ」と笑顔を向ける。

ひとまず言われた通りに中へ入ると、他に人の姿はない。

そしてテーブルの上では、ころんとした紫色の水晶のようなものが山積みになっている。

テーブルの側の木箱にもぎっしりと詰まっていて、数百個はありそうだった。

「これ、なんですか？」

「結界石です。こちらに座ってください」

テーブルの前のソファに座ると、セシルも私の隣に腰を下ろした。

「何か飲みますか？」

「いえ、大丈夫です！　セシルはどうしてここに？」

「僕は魔力感知に長《た》けている方なので、結界石が浄化されたかどうかの確認作業をすることになりました。今日はよろしくお願いします」

「…………」

セシルはにこやかに答えてくれたものの、さっぱり理解できない。

ひとつだけ分かったのは、今回の仕事はセシルと二人で行うらしい、ということだけ。

「無知ですみません、結界石というのは……？」

「この結界石を置いた場所には、魔物が寄りつかなくなるんです。見るのは初めてですよね」

「はい。そんな便利なものがあるんですね」

ひとつ手に取って見てみると、想像よりも小さくて軽い。

これを置くだけで魔物が寄ってこないなんて、なんだか不思議だった。

「とはいえ、上位ランクの魔物には効果はないんです。Ｃランクが限界でしょう」

そもそも魔物というのは基本的に都市部には現れないものらしく、高ランクになればなるほど数も少ないという。そのため、普通に暮らしていれば魔物に出会《でくわ》すこともないんだとか。

「それと、定期的な浄化作業が必要なんです。国が保有するものは代々、聖女が浄化を行うことになっているんですが……」

セシルは気まずそうに言葉を濁した。

華恋がこういった地味な仕事を嫌がることは、容易に想像がつく。

「なるほど、だから私が呼ばれたんですね」

今日の私の仕事は、ここにある結界石を浄化することらしい。

そしてセシルはきちんと浄化されているか、チェックする作業をしてくれるようだった。

(こんなの、絶対に王子様がやる仕事じゃないのに……)

そう思ったものの、きっと事情があるのだろうと口には出さないでおく。

華恋に「セシルに近づかないでほしい」と言われたばかりだけど、仕事なら仕方ないはず。

「ものすごい量ですし、早速始めますね！　よろしくお願いします」

「はい」

川の浄化の時と同じ要領で、手に持っていた結界石を浄化してみる。

青白い光に包まれた後も、見た目には何の変化もない。

「こんな感じでいいですか？」

浄化を終えた結界石をセシルに渡すと、すぐに「完璧《かんぺき》です」という返事がされた。

難しい作業ではないものの、山積みになっている結界石を見ると、流石《さすが》に気が遠くなる。

とにかくやるしかないと、気を引き締めた。

それからはひたすら結界石を手に取っては浄化をして、セシルに渡す作業を繰り返した。

「これも浄化できていますか?」

「はい、問題なく」

「ありがとうございます。……こんな少ない魔力でも大丈夫なんだ」

その中で、浄化の際に込める魔力量の調節をしてみている。これも全てレヴィちゃんとの練習により、コントロールができるようになったお蔭《かげ》だった。

私自身の魔力量はまだきちんと把握できていないけれど、かなり少ない量でも浄化はできているようで、ここにある分はなんとかなる気がしている。

「すみません、退屈な作業ですよね」

「いえ、魔法の良い練習になります!」

一定の量の魔力を込めるよう意識したり、ふたつ一気に浄化してみたり。セシルがきっちりチェックしてくれることもあって、色々と試してみることができていた。

「わっ……危なかった」

不意に手が滑って落としそうになったのを、ギリギリのところでキャッチする。

ほっと胸を撫《な》で下《お》ろした私を見て、くすりとセシルが笑う。

「結界石って、きっとすごく高価なものですよね」

「はい。ですが、市街には多くの偽物が出回っているそうです」

「そうなんですか？」

「魔力感知に優れていなければ、本物かどうか確かめる術《すべ》がありませんから。本物だと信じて使用し、安心して過ごしている民も多いそうです」

実際には魔物がいつ現れてもおかしくないような環境で、結界石があるから大丈夫だと油断していては、かなり危険なはず。

「本当のことを知ったら、大変なことになるんじゃ……」

「その上、とても高価なものですから。本物を再度購入するのも難しい場合もあるでしょう」

「そんな……」

「……ですから、知らない方が幸せなのかもしれません」

セシルは悲しげな表情を浮かべ、手元の結界石を見つめている。

国で管理している数や浄化できる数にも限界があるため、なかなか解決には至らないという。

「セシルだったら、本当のことを知りたいですか？」

何気なくそう尋ねると、セシルの口元から笑みが消えた。

長い金色の睫毛《まつげ》を伏せたその横顔は、どこか傷付いたような、切なげなものに見える。

「僕は知らない方がいいです」

「どうしてですか？」

「……嘘を本当にしなければいけない時もありますから」

私には、セシルのその言葉の意味は分からない。

けれどそれ以上尋ねることは、なんとなく憚《はばか》られた。

（……余計に私が一花だって、打ち明けにくくなっちゃった）

セシルにとって、華恋は一年以上の付き合いのある婚約者で。そんな中、私が本当の一花だと話したところで立場は変わらないし、混乱させてしまうだけなのかもしれない。

（それに華恋だって、最初は些細《ささい》な嘘だったとしても、今はもう本当にしなければいけないのかもしれない）

やはり華恋とは一度きちんと話をしたいと思いながら、私はテーブルの上でまだまだ積み重なる結界石の山へと手を伸ばす。

それからも黙々と作業を続けていると、ふと隣に座るセシルから視線を感じた。

「セシル？」

「……とても眩しいなと」

今日は天気が良いため、セシルからすると私越しにカーテンの隙間から差し込む日差しのことだと思った、のに。

透き通るアイスブルーの両目を柔らかく細めたセシルは、私から視線を逸《そ》らさずにいた。

（……セシル？）

白くて大きな手が、こちらへと伸ばされる。

けれどセシルはハッとしたように、その手を止めた。

一体どうしたんだろうと首を傾《かし》げる私を見て、セシルは困ったように微笑《ほほえ》んだ。

「この間もそうでしたが、君を見ているとつい触れたくなるんです」

「……え」

「こんな気持ちになるのは初めてで……すみません」

セシルは気遣うような表情を浮かべ、浄化を終えた結界石を手に取る。

一方、私はというと結界石を握りしめたまま、石像みたいに固まってしまっていた。

(び、びっくりした……触れたくなるって、どうして……)

セシルの圧倒的な美貌《びぼう》も相まって、うっかりどきっとしてしまった。

深い意味はないと分かっているけれど、今のは誰だって勘違いをしてしまうと思う。

顔の火照《ほて》りを冷ますように首をぶんぶんと左右に振り、私も浄化作業を再開したのだった。


開始から数時間が経《た》った頃、私はぐっと両腕を伸ばし、息を吐いた。

「んー！　終わったー！」

あれだけあった結界石を全て浄化することができ、かなりの達成感に包まれている。

とはいえ、かなり時間がかかってしまって、既に窓の外は暗くなり始めていた。

「お疲れ様でした。これほどの量、数日はかかると思っていたのに……本当に助かりました。ありがとうございます」

「いえ、こちらこそ。セシルのお蔭であっという間でした」

ラングフォード王国のこと、魔法のことなど、話をしながら作業していたこともあって、とても有意義な時間を過ごせたように思う。

　何より最近のセシル自身のことも少し知ることができて、嬉《うれ》しかった。

「そろそろ戻りましょうか。この結界石はどうしたらいいですか？」

「このまま置いておいて大丈夫です」

「了解です」

　ソファから立ち上がり、もう一度腕を伸ばすと、セシルに向き直った。

「本当にお疲れ様でした」

「部屋まで送ります」

「いえ、少し寄るところがあるので大丈夫です。ありがとうございます」

　小さく手を振ってセシルと別れ、廊下を歩いていく。本当は寄るところなんてないけれど、これ以上セシルの貴重な時間を奪いたくはなかった。

「あ」

　明日のスケジュールを立てながら自室へ向かっていると、曲がり角でノア様とばったり出会した。

　どこかへ行っていたのか、普段よりきっちりとした服装をしている。

「こんばんは。今日は何かお仕事だったんですか？」

「まあな」

　面倒だったと分かりやすく顔に書いてあるノア様に、笑みがこぼれる。

　そんなノア様もまた、私の服装へと視線を向けた。

「お前も仕事だったのか」

「はい、結界石の浄化の仕事をしていたんです。今はその帰りで」

聖女としての仕事、としか聞いていなかったため、一応聖女服を着ていた。

ノア様も私と同じ方向に用があるのか、自然と並んで歩く形になる。

「そんな仕事もあったな。お前一人でどうにかなったのか」

「いえ、セシルのお蔭で無事に終わりました」

「……セシルが？」

するとノア様は足を止め、私を見つめた。

整いすぎた顔には、はっきりと困惑の色が浮かんでいる。

（やっぱり、セシルがするような仕事じゃないよね）

やがてノア様は「はっ」と口角を上げ、再び歩き出す。

つられて立ち止まっていた私も、慌ててその後を追いかけるように廊下を歩いていく。

「もしかして、セシルも嫌がらせをされていたり……？」

そう尋ねると、ノア様はきょとんとした表情を浮かべた後、鼻で笑った。

「そんなことをする奴《やつ》がいたら、今頃生きてはいないだろうな」

「えっ？　じゃあ、なんで……」

「あいつの意思だろ」

ノア様は当然のようにそう言ったけれど、私はより訳が分からなくなるばかりだった。

（……まさか、ね）

再び自意識過剰な考えが浮かんだものの、すぐにありえないとかき消した。セシルには華恋という婚約者がいるし、先日も「自分で選んだ」という話を聞いたのだから。

きっと何かセシルにも、事情があるのだろう。

「あ、そうだ。ロムリに行く前に一度、フレイのところに一緒に行きませんか？」

「気が向いたらな」

「はい、約束ですよ！」

「話を聞け」

そんな会話をしているうちに、気が付けば自室の前までやってきていた。

同時に、ノア様が私を送り届けてくれていたことにも気付く。

慌てて振り返った時にはもう、ノア様はこちらに背を向けて歩き出していた。

「あの、ありがとうございました！」

小さくなっていく背中に声をかけると、ノア様はいつものようにひら、と片手を上げる。

（……やっぱり、優しいな）

その姿に笑顔になってしまうのを感じながら、明るい気持ちで自室のドアを開けた。

◇◇◇

今朝もしっかり美味《おい》しい朝食をいただき、フレイに会いに行った後、私は庭園内のガゼボ——初めてレヴィちゃんと会った場所へやってきている。

昨日の晩、差出人の分からない手紙が部屋へ届けられ、中には今日のこの時間にこの場所へ来るようにということ、そしてレヴィちゃんの名前が綺麗《きれい》な文字で綴《つづ》られていた。

「今日は治癒魔法を教えてやる約束だったな」

長い銀髪のツインテールがよく似合う、愛らしい姿をしたレヴィちゃんは腕を組んでおり、今日も小さな身体《からだ》に似合わない貫禄《かんろく》が滲《にじ》み出《で》ている。

「そこでちょうど怪我をしている者を連れてきた」

「あなたが殴ったんじゃないですか……」

そしてレヴィちゃんの後ろには、ボコボコにされて半泣きの男性の姿があった。

栗色の癖のある髪をひとつに結んでおり、服装はやはり神殿に勤める人のもので、ますますレヴィちゃんが何者なのか気になってしまう。

「ひとまず座るか。ジェフリーはそこに立っていろ」

「うう……分かりました……」

ジェフリーと呼ばれた男性は大人しく言う通りにしていて、上司と部下のように見える。

神殿に勤める人々も魔法使いの中では相当なエリートだとセシルから先日聞いたし、そんな人を従えているレヴィちゃんの謎は深まるばかりだった。

それからは先日と同様に、レヴィちゃんは治癒魔法の扱い方を教えてくれた。

「治癒魔法もとにかくイメージが大切だ。上手《うま》く扱えるようになれば、複数を対象にすることも可能になる。セルジ村で魔物を一気に浄化した時のようにな」

「なるほど……！　頑張ります！」

レヴィちゃんにだけは、これまで魔法を使った時のことを話してある。

的確なアドバイスをもらいながら、実際にジェフリーさんの治療をしていく。レヴィちゃんの知識量は相当なもので、どんな質問をしてもすぐに答えをくれる。

もちろん努力によるものも大きいだろうし、天才美少女だと尊敬の念を抱く。

「へえ、筋がいいな。想像力が豊かだと言うべきか」

「元の世界では医者を目指して勉強をしていたので、治療のイメージがしやすいのかも」

「そうか。お前らしいな」

ふっと笑ったレヴィちゃんの笑顔は大人びていて、とても優しいもので。同性かつ小さな女の子だというのに、思わずどきっとしてしまった。

「――まあ、こんなところで十分だろう。治癒魔法の扱いは問題ないから、あとは実践経験を積みつつ魔力量の感覚も掴《つか》んでいくといい」

「はい！　本当にありがとうございました」

ぺこっと頭を下げると、レヴィちゃんは「ああ」と薄く微笑む。

この短時間でかなり感覚を掴めた気がするし、実践経験を積むためにも今後はより積極的に聖女としての仕事をしていこうと思う。

「カレン様、本当にありがとうございました。頬が痛くて痛くて、今日はこのまま食事もできないかと思っていたので……」

「い、いえ！　こちらこそありがとうございます」

無事に治療を終えた後、ジェフリーさんはそれはもう感謝をしてくれた。

最初はボコボコでよく分からなかったけれど、綺麗になった顔は美形で驚いてしまった。

「だが、練習としては物足りなかったな。もう少し痛めつけておけば良かった」

「もう少し手心とか……」

「あるわけがないだろう」

そんなやりとりをする二人はなんだかんだ仲が良さそうで、笑みがこぼれる。

私はテーブルの上に置いておいた大きな袋を手に取り、レヴィちゃんに向き直った。

「それとね、レヴィちゃんにお礼を持ってきたんだ」

袋から可愛《かわい》いうさぎのぬいぐるみとカラフルなお菓子を取り出し、レヴィちゃんに渡す。

するとレヴィちゃんは受け取った後、ぴしりと固まった。

「ぷっ」

気に入らなかったのかなと不安になる中、レヴィちゃんの背後ではジェフリーさんが笑いを堪《こら》えきれないという様子で、口元を手で覆っている。

「お前はさっさと仕事へ戻れ」

「うっ」

レヴィちゃんはぬいぐるみとお菓子を抱えたままジェフリーさんを睨《にら》み、脇腹の辺りを思いきり蹴《け》り飛ばす。容赦がなさすぎて、ものすごい音がした。

「ひどい！　分かりましたよ！」

ジェフリーさんは「鬼！」「でも悔しいくらい可愛い！」なんて言って走り去っていく。

大丈夫だろうかと不安になったものの、レヴィちゃんは「あいつは頑丈だから平気だ」と全く気にしていない様子だった。

「……まあ、これはもらっておく」

そしてぬいぐるみを遠慮がちにきゅっと抱きしめる姿に、胸が高鳴る。

（か、可愛い……！）

可愛いと可愛いの組み合わせの破壊力に、ときめきが止まらない。

レヴィちゃんはそんな私を、蜂蜜《はちみつ》色の大きな両目でじっと見上げた。

「他に何か知りたいことはないのか？　私は物知りだからな」

「知りたいこと……」

まだまだ分からないことだらけで、知りたいこととなると数えきれない。

それでも私が一番に知りたいことは、この世界に来た当初からずっと変わっていない。

「……元の世界に戻る方法って、あるのかな」

華恋だけでなく周りの人々からも「ない」と聞いているし、異世界に関する本をいくら読んでも一切書かれていなかった。

それでも一縷《いちる》の望みに縋《すが》るような気持ちで尋ねてみたところ、レヴィちゃんは僅《わず》かに目を見開く。

「…………」

同時にこの場の空気が少しだけ重くなったような、張り詰めたような感覚がする。

そして少しの沈黙の後、小さな唇を開いた。

「——存在しない、ということになっているな」

「えっ？」

まるで本当は存在するかのような口ぶりに、困惑してしまう。

レヴィちゃんは銀色の睫毛《まつげ》を伏せ、手元のぬいぐるみへ視線を落とす。

「悪いが、その問いに関してだけは何も答えられない」

「……そっか。ありがとう」

気になって仕方ないけれど、これ以上は尋ねられそうにない。

けれど「完全に存在しない」わけではないのかもしれないと、僅かな希望が芽生えていた。

「その代わりと言ってはなんだが、これをやろう」

レヴィちゃんはそう言うと、私の右手を掴んだ。

次の瞬間、手首には見覚えのないブレスレットが嵌《は》められていた。華奢《きゃしゃ》なチェーンの中央には小さな金色の水晶が付いていて、陽《ひ》の光を受けてきらきらと輝いている。

「きれい……」

「来週からロムリへ行くんだろう？　肌身離さず身に着けておけ」

美しさに思わず見惚《みと》れてしまっていたけれど、はっと我に返った。

「こんな高価そうなもの、受け取れないよ。ただでさえ魔法を教えてもらっている身なのに」

「いい、お前のことは気に入っているからな。困った時、使うといい」

「ありがとう」

レヴィちゃんの「気に入っている」という言葉に、口元が綻《ほころ》ぶ。

（もしかしてこれ、魔道具なのかな）

手元のブレスレットを見つめながら、そんなことを考える。

「でも使うって、どうやって――……」

そして再びレヴィちゃんへ視線を向けた時にはもう、その姿はなくなっていた。

（……いなくなっちゃった）

やっぱりレヴィちゃんは不思議で、雲のような存在だと思う。

とにかく言われた通りブレスレットはずっと身に着けていようと決めて、レヴィちゃんの瞳《ひとみ》によく似た水晶を指先でそっと撫《な》でた。

◆エピローグ

「まま！　ぱぱ！」

私とノア様を見て嬉《うれ》しそうに両手を伸ばすフレイを抱き上げると、最初に会った時よりもずっしりとした重みを感じる。

竜人の成長は早いと聞いていたけれど想像以上で、しばらく会えないのが悔やまれた。

――あと一時間後には、ロムリへ出発することになっている。

そして今朝、朝食を終えたノア様を捕まえて二人でフレイのもとへやってきていた。なんだかんだ大人しくついてきてくれるあたり、ノア様もやはりフレイが可愛いに違いない。

「だっこ、うえしい」

「わあ、そんなこともお話しできるようになったんだね！」

既に伯爵夫妻と言葉の勉強もしているらしく、二語文を話せるようになっていた。元々賢い種族でもあるようで、色々な話ができるようになるのが今から楽しみで仕方ない。

私の腕の中にいるフレイは、隣にいるノア様へ手を伸ばす。

「ぱぱ！」

「……いつまでこうなんだ」

「何度も名前を教えているんですが、どうしてもこの呼び方がいいみたいで……」

私からフレイを受け取りながら、ノア様は眉《まゆ》を寄せる。

フレイを連れて帰る際、両親のふりをしろなんて言われて実践したものの、こうして普段からノア様とセットで「ぱぱ、まま」と呼ばれるのは落ち着かない。

けれどフレイはこの呼び方をいたく気に入っているようで、変える気はないようだった。

(それにしてもノア様って、本当に素直じゃないんだから)

文句を言いながらも抱き方やフレイへ向ける眼差しはとても優しくて、二人の様子を見ていると心が温かくなる。

そうして時間ギリギリまでフレイと遊び、穏やかな時を過ごしたのだった。

◇◇◇

「……はあ、なんで私まで田舎《いなか》に行かなきゃいけないわけ？」

フレイとのほのぼの癒やしタイムから一転、私は重い空気が流れるロムリ行きの馬車に揺られていた。

隣には不機嫌なノア様、向かいには不機嫌な華恋と普段通りのセシルが座っている。

腕を組み、背もたれに体重を預けた華恋は出発時からずっと文句を言い続けていた。

(そもそも私とノア様、華恋とセシルに分かれて二台で行く予定だったのに……)

なぜかセシルが四人で同乗すると強引に話を進め、地獄のような雰囲気が漂う今に至る。

不貞腐《ふてくさ》れたような顔をしているノア様は頬杖《ほおづえ》をつき、ずっと窓の外へ視線を向けている。

「イチカはもう少し聖女としての仕事をすべきだ」

「私は使いどころを選んでるのよ。貴重な力なんだから」

セシルの言葉もどこ吹く風で、華恋には全く反省する様子がない。

こちらを向いた華恋は私を視界に捉《とら》えると、片側の唇の端を釣り上げた。

「そういえば、私が断った川の浄化の仕事をしてくれたんでしょう？　ありがとう」

「……どういたしまして」

明らかに上から目線での嫌味な言い方に、苦笑いがこぼれる。元の世界ではこんな態度じゃなかったのに、どうして華恋はこんなにも変わってしまったのだろう。

（そもそも華恋の立場を考えて、話を合わせてるのに……）

内心むっとしている私の隣では「はっ」とノア様が呆《あき》れ顔《がお》で笑っている。

大きな溜《た》め息《いき》を吐《つ》いていると、向かいのセシルから視線を感じた。

顔を上げると目が合い、にこっと爽《さわ》やかな笑顔を向けられる。

「川の浄化といえば先日の仕事の後、瘴気《しょうき》の影響などはありませんでしたか？　時間が経《た》ってから症状が現れることもあるので」

「あ、それならノア様が薬を――むぐ」

心配してくれているセシルに返事をしている最中、いきなりノア様に両頬を鷲掴《わしづか》みにされ、それ以上の言葉は紡げなくなった。

「余計なことを言うな」

「ひょっほ」

抵抗するも、なかなか振《ふ》り解《ほど》けない。

むしろ力はさらに強くなり、頬がぎゅむっと押《お》し潰《つぶ》されていく。

そんな私の顔を見て、ノア様は小馬鹿にするような表情を浮かべた。

「変な顔だな」

「はれのへいれ」

「何を言ってるか分からん」

「…………」

腹が立ってやり返そうとしても腕の長さの差で届かず、また馬鹿にされてしまう。

ようやく解放されて息を吐くと、私達の様子を見ていたらしい華恋が、綺麗《きれい》に上げた睫毛に縁取られた両目を瞬いていた。

「やだ、本当に仲が良いのね」

「…………」

一方、先程まで笑みを浮かべていたセシルは無表情になっていて、騒ぎすぎたと反省した。

とはいえ、悪いのはいきなり顔を鷲掴みにしてきたノア様だというのは分かってほしい。

「別に仲が良いとかじゃ……！」

「そう？　私はやっぱりお似合いだと思うけど」

今日一番の眩《まぶ》しい笑顔を向けられ、隣でノア様が舌打ちをしたのが分かった。

ノア様と華恋の間の空気はさらに険悪になり、セシルまで黙り込んでしまったことで、出発時よりもさらに雰囲気は重くピリピリとしている。

ロムリまではゲートを使っても片道四日ほどかかると聞いているし、滞在期間の一週間を含めると、二週間以上になる。

(この四人でそんなにも長い間、無事に過ごせる気がしないんですけど……)

ぎすぎすした沈黙の中、少しでも早く到着しますようにと祈らずにはいられなかった。

◆書き下ろし番外編　セシルとフレイ

セシルと初めて王都の街中に出かけて、一時間ほどが経《た》った頃。

大通りを見て回っていた私はふと、華やかなお店の前で足を止めた。

「ここって洋服が売っているお店ですよね？」

「そうです。ですが女性向けのドレスショップなら、この先にあるマダム・リコの店が女性には人気ですよ。ここは男性向けのものも多いみたいなので」

「いえ、ここがいいです！　少し見てみても？」

「もちろんです。行きましょうか」

笑顔で快諾してくれるセシルの優しさに感謝しながら、二人で店内に足を踏み入れる。中には女性向けと男性向けの服が半々の割合で置かれており、貴族向けらしく高級感に溢《あふ》れていた。

「こっちかな……あ、あった！」

お目当てのコーナーにたどり着いた私の隣で、セシルは首を傾《かし》げている。

「男性向けの子ども服、ですか？」

「はい！　フレイ――昨日保護した竜人の子に服を贈りたくて」

昨日は布一枚という身なりだったし、もちろん国側が用意することは分かっているけれど、私からもプレゼントしたかった。

愛らしい天使のようなフレイは何でも似合うだろうし、選ぶだけでも胸が高鳴る。

「ああ、昨日ノアと捕獲に行ってくださったんですよね。あれほど広い魔の森にいた竜人の子どもをたった一日で捕獲できたと聞いた時には、本当に驚きました」

「色々とあって、簡単ではなかったんですが……両親のふりをしろ、なんて言われた時にはどうしようかと思いましたが、竜人の子は本当に可愛《かわい》くて癒やされました」

「そうだったんですね。……僕も行ければ良かったのに」

どこか切なげに目を伏せたセシルは、竜人に興味があるのかもしれない。

離宮に行けばいつでも会えるし、今度は私が案内すると伝えれば、セシルは「ありがとう」と微笑《ほほえ》んでくれた。

「これも似合いそうだし……こっちも絶対に似合うなあ……」

フレイに似合う服を、セシルと共に選んでいく。

(ま、待って……こんなに高いの……？)

けれど何気なくお値段を見た私は、内心冷や汗が止まらなくなっていた。

元の世界で昔、華恋《かれん》とお金を出し合って親戚《しんせき》の子に服を贈ったことがあるけれど、換算するとその時の百倍以上の価格だったからだ。

貴族価格、恐ろしすぎる。もしかすると今私が着ている服も、普段何気なく着ている服も、これほどの値段なのかもしれないと思うと眩暈《めまい》がした。

「カレン？　どうかしましたか？」

「い、いえ……どれも可愛いので悩んでしまって」

とはいえ、買えない額ではない。

――異世界人や聖女には国庫から予算が組まれていて、そこからドレスなどの服や生活必需品を買ったり、自由に使うお金にしたりすることになっているんだとか。

毎月かなりの金額をいただいていて余っていたものの、穀潰《ごくつぶ》しの身でお金を使うことなんてできそうになく、ほとんど手をつけずにいた。

それでも今は聖女としての仕事をしているし、フレイへのプレゼントなら良いだろうと自分に言い訳をして、可愛らしいミントグリーンの服を手に取った。

「これにします！」

「素敵ですね。僕からも贈って大丈夫でしょうか」

「はい、喜ぶと思います」

「良かった。会える日が楽しみです」

フレイの髪色や瞳《ひとみ》の色などの特徴を伝えると、セシルは服だけでなく靴下や帽子まで購入してくれていた。どれもすごくセンスが良くて、流石《さすが》だと笑みがこぼれる。

そして無事に購入した私達は、お互いに都合の良いタイミングを見つけて一緒にフレイに会いにいくことを約束し、店を後にしたのだった。

◇◇◇

セシルと出かけてから、一週間が経った。多忙なセシルもようやく時間ができたそうで、二人でフレイのいる離宮へ向かうこととなった。

実はまだ新しい環境に慣れていないフレイは本来、伯爵夫妻と私とノア様しか面会できないそうだ。けれどセシルは特例で、一番懐いている私が一緒ならと許可が下りたんだとか。

「すみません、こんなに遅くなってしまって……」

「いえ！　ロムリへ行くことになりましたし、お忙しいですよね」

セシルの整いすぎた顔にはうっすら疲れが浮かんでいて、心配になる。

ここは愛らしいフレイに癒やされてもらおうと、離宮へ足を踏み入れた――けれど。

「ちあう！　いや！　いや！」

現在、フレイはセシルから隠れるように私の背中にくっつき、首をぶんぶんと左右に振っている。

真っ白で柔らかな頬は、拗《す》ねたようにぷくっと膨らんでいた。

「フレイ？　どうしたの？」

「やはり警戒されてしまっていますね」

そんなフレイを見て、セシルは困ったように微笑んでいる。

確かに私だって初対面の時は怯《おび》えられていたし、まだあれから一週間ほどしか経っていないのだから、当然の反応かもしれない。

セシルも無理強いをするつもりはないらしく、フレイからそっと距離を取っている。

「ぱぱ、ない！　ぱぱ、ちあう！」

「えっ？」

それでもフレイはまだ怒った様子を見せており、今度は「ぱぱ」という言葉を口にした。

「フレイ様はカレン様とノア様がご夫婦だと思っているので、他の男性と一緒にいることに対して怒ってしまったのかもしれません」

戸惑う私に、近くで控えていた伯爵夫人が苦笑いを浮かべながらこっそり教えてくれる。

妙に納得してしまいつつ、少しずつ慣れてもらうしかないようだった。

「初めまして、僕はセシル・フォン・ラングフォードと言います」

「…………」

「お会いできて嬉《うれ》しいです」

「……う」

けれど腰が低く、柔らかな笑顔と声音のセシルにフレイも次第に警戒を解いていき、一時間も経たないうちに私の後ろに隠れなくなっていた。

服のプレゼントもすごく喜んでくれて、屋内だというのにセシルからの帽子を嬉しそうに被《かぶ》っている。伯爵夫人と手を取り合って悶《もだ》えたくらい、その愛らしさにときめいてしまった。

「フレイは可愛いですね。それにとても賢い子です」

おもちゃで上手に遊ぶフレイを見つめながら、セシルはそう呟《つぶや》く。

その横顔があまりにも優しくて綺麗《きれい》で、どきりとしてしまう。

「セシルは子どもが好きなんですね」

「はい。今も可愛らしいフレイに癒やされています」

そういえば先日、ニコラさんからセシルは積極的に孤児院などでの公務にあたっていると聞いた記憶がある。民から愛されているというのも納得で、心が温かくなった。

「だっこ」

「……僕が抱いてもいいんですか？」

やがてフレイもセシルに心を開いたようで、ちょこんとセシルの膝《ひざ》の上に乗ってくれた。

（か、可愛い……！）

愛らしいフレイと、美形のセシルの組み合わせはあまりにも眩《まぶ》しい。二人とも美しい金髪だということもあり、親子や兄弟に見える。

それからは三人で歌を歌ったり、手遊びをしたりして仲良く遊んでいたのだけれど。

「まま？」

「なあに――わっ」

「大丈夫ですか？」

不意にフレイにスカートをくいと引っ張られたことでバランスを崩し、抱き止めてくれたセシルの上に倒れ込んでしまう。

セシルは私の身体を軽々と支えてくれて、本当に大人の男の人なんだ、なんて感想を抱く。

ぴったりとくっ付いてしまったことで、服越しでもセシルは細身ながら想像以上にがっしりとしているのが分かった。

幼い頃から剣術なども頑張っていたし、今も鍛えているのかもしれない。

「ごめんなさい、ありがとうございます」

「……いえ」

慌てて離れようと顔を上げると、セシルの顔がほんのりと赤いことに気付く。

事故といえども、その姿を見ていると私も落ち着かなくなる。

「だめ！　め！」

そんな中、フレイがものすごく怒りながらセシルの服を引っ張るものだから、私達は顔を見合わせて笑ってしまったのだった。


やがて遊び疲れて眠ってしまったフレイをそっと撫《な》でた後、私達は離宮を後にした。

部屋まで送ってくれるというセシルと共に、橙 色《だいだいいろ》に染まる廊下を歩いていく。

「今日はありがとうございました」

「こちらこそ！　フレイもすごく楽しそうでした」

最初はどうなることかと思ったけれど、最後はセシルの手を握りながら眠ってしまったくらい心を開いていて、本当に良かった。

伯爵夫人に聞いたことだけれど、竜人は綺麗な魔力を持つ人間を好むらしい。

綺麗な魔力というのがどんなものを指すのか分からないものの、セシルなら納得だった。

「フレイがパパと言っていたのはノアのことですよね？」

「はい。保護しようとした時、両親のふりというのがよく分からなかったので、ついパパとママだと名乗ってしまって……」

気恥ずかしい気持ちになりながら経緯を話すと、セシルは「そうですか」と呟く。

「……ノアが羨《うらや》ましいです」

「えっ？」

どういう意味だろうと隣を歩くセシルを見上げれば、アイスブルーの瞳と視線が絡んだ。

首を傾げたものの、セシルは眉尻《まゆじり》を下げて微笑むだけ。

「良ければまた一緒に行ってくれますか？」

「はい、もちろん」

これから先も、少しでも時間があればフレイに会いに行くつもりでいる。

フレイがこの場所でのびのびと幸せに暮らせることを、心から祈らずにはいられなかった。

◆書き下ろし番外編　息抜きの魔法

ロムリ行きに向けて今日も朝から必死に勉強していたものの、集中力が切れてしまった私は休憩をするため、庭園へとやってきていた。

こういう時に無理をして続けても身にならないことを、受験期に身をもって学んだからだ。

「んー、気持ちいい」

人気《ひとけ》のない草原に寝転んで、ぐっと両腕を伸ばす。とても天気が良くて、ぽかぽかとした日差しが心地いい。

このまま昼寝をしたら、きっと最高に違いない。

ここで一時間くらい眠るのもありかな、なんて思いながらぼんやり青空を眺めていると、不意に視界が愛らしい顔でいっぱいになった。

「こんなところで何をしているんだ」

「……レヴィちゃん？」

いつの間にかレヴィちゃんが側《そば》に来ていたらしく、寝転ぶ私の顔を見下ろしている。

長い銀色の髪が頬に当たってくすぐったくて、そっと髪に触れながら身体を起こした。

「ちょっと勉強が行き詰まっちゃったから、気分転換したくて外でのんびりしにきたの」

「そうか」

レヴィちゃんは私の隣に腰を下ろし、ふっと口元を緩めた。

「付き合ってやってもいいぞ」

「本当？　嬉しいな、ありがとう」

魔法の指導以外でレヴィちゃんと過ごすのは初めてで、笑みがこぼれる。

レヴィちゃんはこてんと愛らしい顔を傾け、私を見上げた。

「お前のいう気分転換というのは、どういうことをするんだ？」

「うーん……元の世界では買い物をしたり、美味《おい》しいものを食べたりしてたかな」

テスト明けなんかは特に、友達と街中に行って好きに過ごすことが多かった。

とはいえ、今は王城の外に出ることもできないし、別の案を考えようとした時だった。

「分かった」

レヴィちゃんは不思議な返事をして、そっと私の手を掴《つか》む。

そして次の瞬間、まばゆい光と浮遊感に包まれ、咄嗟《とっさ》にきつく目を閉じた。

「…………」

やがて光が収まって恐る恐る目を開けた私は、思わず息を呑《の》んでしまう。

王城の庭園にいたはずなのに、眼前には薄暗い路地裏のような光景が広がっていたからだ。

「ここ、どこ……？」

「転移魔法で王都の街中に移動したんだ」

「ええっ」

「お前の代わりを置いてきたから、しばらくは誰も気付かないだろう」

レヴィちゃんはそんなことをさらりと言い、私の手を引いて歩き出す。

魔法にはまだ詳しくない私でも、レヴィちゃんがかなり高度な魔法をいくつも使った、ということだけは理解していた。

「買い物をしたり、美味しいものを食べたりするんだろう？」

こちらを振り返ったレヴィちゃんは子どもらしくない、不敵な笑みを浮かべていた。


手を引かれて歩いていき、路地を抜けた先には明るくて賑《にぎ》やかな大通りが広がっていた。

「こっちだ」

レヴィちゃんは歩き慣れているのか、迷わずに人混みの間を縫って歩いていく。

それからは手を繋《つな》ぎながら、二人で街中を歩いて回った。セシルとは先日来たけれど、広い街中のほんの一部しか見られていなかったため、やはりワクワクしてしまう。

「欲しいものはないのか？　何でも買ってやるぞ」

「ふふ、レヴィちゃんの方が年上みたいだね」

もちろん何かを買ってもらうつもりはないけれど、突然の外出でお財布を持ってきていないことを思い出し、ほんの少しだけ貸していただくことにした。

「返さなくていい」

「こんな小さな女の子に奢《おご》ってもらうわけにはいかないよ」

「……こういう場合、この姿だと面倒だな」

レヴィちゃんはぽつりと呟き、大きな溜《た》め息《いき》を吐《つ》く。

そうしているうちに可愛《かわい》らしい雑貨屋を見つけ、二人で入ってみることにした。

店内は若い女性客で溢《あふ》れていて、人気なのが窺《うかが》える。すれ違う女性達はみんな「なんて可愛いのかしら」「綺麗な子ね」と、レヴィちゃんに見惚《みと》れていた。

「この辺りはお前に似合いそうだ」

「わ、可愛いリボンだね」

当のレヴィちゃんは周りの様子なんて全く気にならないらしく、真っ白い小さな指でリボンが並ぶ棚を指差している。

どれも色鮮やかで可愛らしくて、眺めているだけで胸が弾む。その中でも一際可愛らしい、フリルのついたピンク色のリボンを手に取った私は、レヴィちゃんに向き直った。

「これ、良かったらお揃《そろ》いにしたいな」

「……私とお前が？　これを？」

今付けている青いリボンも可愛いけれど、レヴィちゃんはこういった女の子らしいアイテムも絶対に似合うと確信している。

けれどレヴィちゃんは愕然《がくぜん》としたような、複雑な表情を浮かべていた。

「ごめんね、もしかして嫌だった？」

「いや、そういうわけじゃない。……分かった。お揃いとやらをしよう」

そう言うとレヴィちゃんはリボンをふたつ手に取り、店員さんに渡して購入してくれた。

「ジェフリーにだけは絶対に言わないでくれ」

けれど念を押すようにそう言われ、もしかすると先日プレゼントしたぬいぐるみのように、可愛らしいものを持つのが恥ずかしいのかもしれないと悟った。今後は気を付けようと思う。


その後ものんびり街中を見て回り、やがて着いたのは小さな古びた屋台だった。

お世辞にも綺麗だとは言えないものの、常に代わる代わるお客さんが訪れていて、みんな手には大きなお肉が刺さった串《くし》を持っている。

「これは美味《うま》いぞ。百年前からあるが、ずっと味が変わっていない」

まるで百年前にも食べたことがあるような口ぶりに笑ってしまいながら、一緒に串を買い、近くのベンチに座って食べることにした。

「わ、ほんとだ！　すっごく美味しい」

「だろう？」

レヴィちゃんと並んで座り、串に齧《かじ》りつく。甘辛いタレで味付けがされた牛肉は柔らかくて美味しくて、感動してしまう。

そんな私を見て、レヴィちゃんは満足げに笑っている。

楽しくお喋《しゃべ》りをしながらあっという間に食べ終えた後、レヴィちゃんは私の手を引き、再び屋台へと向かった。

「もうひとつ食べるの？」

「いや、持ち帰るんだ。あいつも好きだから」

あいつというのは、ジェフリーさんのことだろう。

先日は思いきり蹴《け》り飛ばしたり意地悪を言ったりしていたけれど、やはり内心は大切に思っていることが窺えて、笑みがこぼれた。

「私が保存魔法をかけるから、出来たての状態で持ち帰れるぞ。お前も買っていくか？」

レヴィちゃんの魔法は万能すぎると思いながら、せっかくだしお言葉に甘えることにした。

「じゃあ、お願いします」

「ああ。お前は誰に渡すんだ？」

「ええと、ノア様にしようかなと……」

日頃のお礼をと考えた時に、一番に出てきたのはノア様で。腹立たしいこともあるけれど、彼に何度も助けられているのも事実だった。

「へえ、あの第二王子と仲が良いんだな」

レヴィちゃんもノア様を知っているらしく、納得した様子で店主から牛串の入った袋を受け取っている。

すぐに袋に手をかざして魔法をかけると、袋のひとつを渡してくれた。

「そろそろ帰るか」

「うん、本当にありがとう！　レヴィちゃんのお蔭《かげ》で最高の息抜きができちゃった」

たった一時間ほどだったけれど、とても楽しくて素敵な休息になった。未だに名前しか知らないものの、レヴィちゃんのことが大好きだと実感する。

「そうか。またいつでも連れ出してやる」

レヴィちゃんはそう言って笑うと、私の手に触れる。行きと同じく光と浮遊感に包まれ、王城へ転移するようだった。

やがて光が収まり、目を開けた私はもう一度レヴィちゃんにお礼を伝えようとした、のに。

「は」

「えっ」

何故か目の前には驚いた表情を浮かべるノア様がいて、レヴィちゃんの姿はない。

慌てて辺りを見回したところ、どうやらここは王城の廊下らしい。ノア様にお土産を渡すと伝えたことで、気を利かせて彼の元へ転移させてくれたのだと、すぐに気が付いた。

「今のは転移魔法か」

「は、はい」

「この国で転移魔法を使える人間なんて、片手で数えられるほどだと思うが」

「ええっ」

初めて知る事実に、驚きを隠せない。すごい魔法だとは思っていたけれど、そんなにも貴重なものだとは思わなかった。改めてレヴィちゃんの凄《すご》さを実感する。

ノア様だって色々と不思議に思っているだろうけれど、レヴィちゃんは自分のことを話さないよう言っていたし、これ以上突っ込まれては困る。

「あの、これ、お土産です」

そう思った私は話題を変えようと、手に持っていた温かい袋をノア様に差し出した。

「……これは？」

「とっても美味しい牛串なんです。良かったらどうぞ」

突然のことにノア様は困惑した様子を見せながらも、受け取ってくれる。

無事に目的を果たした私は「失礼します」とだけ言い、逃げるようにその場を後にした。

「カレン様、お帰りなさいませ」

「ただいまです」

自室に戻るとニコラさんが笑顔で出迎えてくれて、私が王城を抜け出したことには気付いていないみたいでほっとする。

そのまま勉強をしていた机に向かい、椅子に腰を降ろした。

先程レヴィちゃんとお揃いで買った桃色のフリルのついたリボンを取り出すと、見守ってもらうような気持ちで、よく見える場所に置く。

（お揃いにしようって言った時のレヴィちゃんの顔、可愛かったな）

思い出すと笑顔になってしまい、気合を入れようと両手で頬を叩《たた》く。

「よし、頑張ろう」

素敵な気分転換ができたお蔭で、頭もすっきりしている。

次にレヴィちゃんに会う時に着けていこうと決めて、私はペンを手に取ったのだった。

——翌日、顔を合わせたノア様に「美味かった」とお礼を言われ、とても気に入ったのか、どこで買ったのか細かく尋ねられたのはまた別の話。

あとがき

こんにちは、琴子《ことこ》と申します。このたびは『異世界で姉に名前を奪われました』小説版の書籍一巻をお手に取ってくださり、ありがとうございます！

本作は元々、漫画版での原作を担当しており、大好きな「いせあね」を憧《あこが》れのカドカワBOOKSさまからノベルとして出させていただけると聞いた時には、本当に嬉《うれ》しかったです！

漫画の読者さまからも小説でも読みたいというお声をたくさんいただいていたので、そんな方々のご期待を裏切らないよう、それでいて小説から入ってくださった方にもしっかり楽しんでいただけるよう、気合いを入れて書きました。

今回、漫画のプロットを小説として書き起こしてみて（文字数でいうと九万字近く加筆するような形になりました）漫画では入れられなかった部分や、一人称の小説として登場人物の心理描写をたくさん書くことができ、とても楽しかったです。

小説として書いていく中で「あ、一花はここでこう感じたんだ」「華恋ってこう思ってるんだな」と自分の中で解像度が上がったのも、良い経験でした。

あちこちで言っているのですが、私は「年齢差逆転もの」が三度のご飯よりも大好きで、本作もがっちり取り入れております。幼少期からすくすく育った激重感情、最高です。

本物の一花に気付く未来を楽しみにしていただければと思います。

主人公の一花はまっすぐで優しくて本当に可愛くて、周りから自然と愛されるのも納得な良い子です。そんな一花だからこそ、セシルも救われたのだと思います。

一方の華恋は我《わ》が儘《まま》でやりたい放題しており、本作では悪役のような立ち位置ですが、私は華恋の人間らしい部分が好きです。

ちなみに私にも妹がいるのですが、もしも一花みたいにすごく良い子だったら、華恋のように劣等感を抱いてしまった気がします。妹がぐうたら人間で助かりました。

もともと一花と華恋は同じ家で暮らす従姉妹の設定だったのですが、担当さんに「姉妹にしてはどうか」と言っていただき、この形になりました。

実の姉妹だからこそ信じたいと思ったり、劣等感を抱いたり、憎みきれなかったりという葛藤《かっとう》を描くことができ、良かったなと感じています。

同じく実の兄弟であるセシルとノアもなんだか気まずい雰囲気ですが、いずれ二人が抱えている問題や過去なども書きたいと思っているので、楽しみにしていただけると嬉しいです。

キラキラ王子様のセシルとツンデレのノア、どちらも推せます。

イラストは漫画を担当してくださっているNiKrome先生が担当してくださり、漫画のシーンを新たに挿絵として見られたり、書籍の書き下ろしシーン（メガネセシルを見たいと懇願しました）

も見られて最高でした。本当にありがとうございます！

フレイは書籍オリジナルキャラクターなのですが、この先ぐんぐん成長して可愛いショタや美少年になっていくので（続きを出せた場合は）ご期待ください。


ちなみに小説版の書籍一巻は漫画でいうと三巻冒頭までなので、続きが気になった方はぜひコミックスも読んでいただきたいです。超絶激エモシーンもあり……。

あのシーンもこのシーンも全てNiKrome先生の絵で見られるの、冷静に超贅沢《ぜいたく》ですね。

また、いつも優しく丁寧に対応してくださった担当編集さん、本当にありがとうございます。

本作の制作・販売に携わってくださった全ての方にも、感謝申し上げます。


最後になりますが、ここまで読んでくださりありがとうございました！

書籍もコミックスもたくさんの特典があるのですが、本編よりも糖度が高いことで定評があるので、ぜひお手に取ってみてください。

まだまだ一花やセシル、ノア、華恋のお話を紡いでいきたいと思っていますので、応援していただけると幸いです。さらに面白くなっていくのもこれからです！

それではまた、お会いできることを祈って。

琴子

カドカワBOOKS

異世界《いせかい》で姉《あね》に名前《なまえ》を奪《うば》われました

2024年7月10日　初版発行

著者／琴子《ことこ》
発行者／山下直久
発行／株式会社KADOKAWA

〒102-8177
東京都千代田区富士見2-13-3
電話／0570-002-301（ナビダイヤル）

編集／カドカワBOOKS編集部

印刷所／暁印刷

製本所／本間製本

Printed in Japan
ISBN 978-4-04-075421-5 C0093

新文芸宣言

かつて「知」と「美」は特権階級の所有物でした。

15世紀、グーテンベルクが発明した活版印刷技術は、特権階級から「知」と「美」を解放し、ルネサンスや宗教改革を導きました。市民革命や産業革命も、大衆に「知」と「美」が広まらなければ起こりえませんでした。人間は、本を読むことにより、自由と平等を獲得していったのです。

21世紀、インターネット技術により、第二の「知」と「美」の解放が起こりました。一部の選ばれた才能を持つ者だけが文章や絵、映像を発表できる時代は終わり、誰もがネット上で自己表現を出来る時代がやってきました。

UGC（ユーザージェネレイテッドコンテンツ）の波は、今世界を席巻しています。UGCから生まれた小説は、一般大衆からの批評を取り込みながら内容を充実させて行きます。受け手と送り手の情報の交換によって、UGCは量的な評価を獲得し、爆発的にその数を増やしているのです。

こうしたUGCから生まれた小説群を、私たちは「新文芸」と名付けました。

新文芸は、インターネットによる新しい「知」と「美」の形です。

2015年10月10日
井上伸一郎

美食な国でグルメ三昧！
どうやら私の作る料理にも
興味津々みたいです！
「賢いヒロイン」
中編コンテスト
受賞作
追放聖女は獣人の国で
楽しく暮らしています
~自作の薬と美味しいご飯で人質生活も快適です!?

図書館の天才少女

～本好きの新人官吏は膨大な知識で国を救います！～

蒼井美紗
ill. 緋原ヨウ

本が大好きで、ひたすら本を読みふけり、ついに街中の本を全て読み尽くしてしまったマルティナは、まだ見ぬ王宮図書館の本を求めて官吏を目指すことに。読んだ本の内容を一言一句忘れない記憶力を持つ彼女は、高難易度の試験を平民としては数年ぶりに、しかも満点で突破するのだった。

そして政務部に配属されたマルティナは、特殊な記憶力を存分に発揮して周囲を驚かせていくが、そんな時、魔物の不自然な発生に遭遇し……!?

カドカワBOOKS

IX
「賢いヒロイン」
中編コンテスト
受賞作
王宮の本を読むため
官吏になったのに、
国の頭脳として
頼られています!?
コミカライズ企画進行中!

転生令嬢は悪名高い子爵家当主

～領地運営のための契約結婚、承りました～

THE REINCARNATED NOBLE GIRL
WHO BECAME THE NOTORIOUS VISCOUNTESS

著 翠川稜　ill 紫藤むらさき

子爵令嬢に転生し、悪評を立てられつつも屈せず父に代わって当主となり、貧乏領地を立て直したグレース。

理不尽に婚約破棄された過去から結婚は諦めていた彼女だったが、ある日突然、社交界で噂の伯爵様からプロポーズを受ける。信じられずに理由を尋ねてみたところ、領地運営のサポートを得るのが目的らしい。それなら腕を振るえると、再就職先を斡旋されたノリで話を受けることにしたグレースだったが……!?

STORY

カドカワBOOKS

辺境開拓のための
契約結婚……
ですよね？ あれ!?